Antonio Tabucchi
Piazza d'Italia

SERIE PIPER

Zu diesem Buch

Eine phantastische und hintergründige Familienchronik über drei Generationen aus dem Dorf Borgo – erzählt von Antonio Tabucchi. In einem bunten Kaleidoskop erscheinen die Lebensläufe der kleinen Helden, Anarchisten und Deserteure und ganz nebenbei die große Geschichte Italiens von den Tagen Garibaldis bis zur Zeit nach dem Zweiten Weltkrieg: wie die jungen Rebellen mit Garibaldi für die Einigung Italiens in den Krieg ziehen, wie sie von Jagdaufsehern des Königs erschossen und wie siebzig Jahre später die Anarchisten von den Faschisten erpreßt werden. Die Geschichte fegt jedesmal wie ein Wind über den Dorfplatz hinweg, nimmt ein paar Dörfler mit – und läßt doch alles beim alten. Dieser erste Roman Tabucchis, geschrieben vor einem Vierteljahrhundert, zeugt bereits von der karnevalesken Lust seines Autors am Umkehren der Zeitläufe, am Vermischen der Bilder und von der Intensität seiner poetischen Sprache.

Antonio Tabucchi, geboren 1943 in Vecchiano, studierte Geisteswissenschaften in Paris und Pisa und wurde Professor für portugiesische Sprache und Literatur an der Universität Genua. Er erhielt für seine Werke zahlreiche Auszeichnungen. Berühmt wurde er durch sein Buch »Erklärt Pereira«, das mit Marcello Mastroianni verfilmt wurde.

Antonio Tabucchi
Piazza d'Italia

Eine Geschichte aus dem Volk in drei Akten, mit einem Epilog und einem Anhang

Aus dem Italienischen von
Karin Fleischanderl

Piper München Zürich

Taschenbuchsonderausgabe
Piper Verlag GmbH, München
Juni 2002

Titel der italienischen Originalausgabe:
»Piazza d'Italia«, Bompiani, Mailand 1975
Neuausgabe Feltrinelli Editore, Mailand 1993

Umschlag/Bildredaktion: Büro Hamburg
Isabel Bünermann, Julia Martinez, Charlotte Wippermann
Foto Umschlagvorderseite: Edition Minerva/Sylvain Thomas
Foto Umschlagrückseite: Isolde Ohlbaum
Satz: Offizin Götz Gorissen, Berlin
Druck und Bindung: Clausen & Bosse, Leck
Printed in Germany ISBN 3-492-23589-1

www.piper.de

Inhalt

EPILOG

ERSTER AKT

ZWEITER AKT

Piazza d'Italia

EPILOG

Die Schleife wird gelöst

Als Garibaldo, an jenem absonderlichen Tag, eine Kugel abbekam (ein stecknadelgroßes Loch, nicht einmal so groß wie ein Furunkel), und mitten auf der Piazza in die Knie ging, direkt vor dem *Splendor,* wollte er das letzte Wort haben. Aber statt dessen brachte er nicht mehr als ein undeutliches, gurgelndes Geräusch hervor, das nur die wenigen verstanden, die in seiner Nähe standen.

»Nieder mit dem König!«

Der Stein glitt ihm aus der Hand und rollte bis zu dem kleinen Rinnsal, das aus dem Springbrunnen auf die Piazza sickerte. Auf seinem Gesicht gefror ein verschmitztes Lächeln, was bin ich doch für ein Trottel, denn auf dem kurzen Weg vom Denkmal hinunter in den Staub hatte er gerade noch rechtzeitig bemerkt, daß ihm der Nebel des Todes ausgerechnet seinen letzten Satz verwirrt hatte. Die Kugel, die seine Stirn gesucht hatte, stammte nicht aus einem Karabiner der königlichen Wache: Der König war längst über alle Berge, und es galt die Verfassung der »auf Arbeit gegründeten« Republik.* Die bebenden Hände, die die schwarze Schleife in zwei lange, im Wind flatternde Bänder lösten, lösten auch, wie auf das Zeichen eines Priesters hin, die dichtgedrängte

* Historische Begriffe und Namen, auf die der Autor anspielt, werden am Ende des Textes erläutert.

Menge auf, die sich im Licht des Juli verlor. Garibaldo blieb allein, mit seinem spöttischen Lächeln in den offenen Augen, vor den vielen Helmen in Reih und Glied, deren Träger auf die gesenkte Pistole des jeweils anderen blickten. Asmara kam barfuß gelaufen, in einer grotesk wirkenden Schürze, auf deren Taschen zwei riesige Erdbeeren gestickt waren, und überquerte die Piazza. Aber sie konnte nicht mehr tun, als ihm die Augen zu schließen, und dabei dachte sie, daß sie das Horoskop auf ihre Weise überlistet hatte. Zelmira hatte ihr ja gesagt, daß die Kleie unter diesen Bedingungen keine eindeutigen Auskünfte geben konnte. Und außerdem hatte die Zeit in Garibaldos Familie immer merkwürdige Kapriolen geschlagen.

ERSTER AKT

Wir haben noch ein wenig Zeit

Das einzige, was Garibaldo am Leben nicht verstand, war der Tod. Er betrachtete seinen Vater, der steif im Sarg lag, mit verschränkten Armen über dem Hochzeitsanzug und einer gelben Binde auf der Stirn, wie bei der Firmung, die man ihm umgebunden hatte, um die gelben Tropfen aufzufangen. Da kam ihm sein Vater zu Hilfe: Er richtete sich auf, holte die Uhr aus der Westentasche und sagte:
»Wir haben noch ein wenig Zeit.«
Dann bat er um eine halbe Zigarre, und während er genüßlich rauchte, versuchte er ihm zumindest das Leben zu erklären, wenn schon nicht den Tod.
Sie unterhielten sich die ganze Nacht, oder besser gesagt, Garibaldo beschränkte sich darauf zuzuhören, er vermied jeden Einwand, um ihm keine Zeit zu stehlen. Im Morgengrauen fügte sich sein Vater in den Tod, wie alle Toten ließ er das Begräbnis über sich ergehen: auf Leonidas Karren fuhr er schwankend auf den Friedhof hinaus. Aber inzwischen wußte Garibaldo, daß das Wasser, das das Mühlrad drehte, allen gehörte, genauso wie das Korn, das in der Mühle gemahlen wurde, und daß die Bläßhühner, die sich im November in den Sümpfen niederließen, allen gehörten, und daß die königlichen Wachen dazu da waren, alle umzubringen, die dies wußten.

Von seinem Vater blieb ihm die Erinnerung und der Name, bei dem ihn die Leute von diesem Tag an nannten, allen voran seine Mutter.
»An deinen richtigen Namen, Volturno, habe ich mich nämlich in vier Jahren noch immer nicht gewöhnt.«

Man wechselt den Herrn

Plinio war in dem Alter, in dem man noch nicht weiß, wie alt man ist, und er versuchte zu sehen, was hinter der Menschenmenge auf der Piazza vor sich ging. Seine Taschen waren bis zum Rand mit Glaskugeln gefüllt, die von einer Kette stammten, die ihm Fräulein Cecchini, seine spätere Lehrerin, geschenkt hatte. Die jungen Platanen rings um die Piazza weinten die letzten Blätter. Die Männer lehnten eine Leiter ans Denkmal und legten Seile um die Toga des Erzherzogs.
»Ooooooh«, den Männern wurde heiß, während sie zogen.
»Zugleich!«, schrie ein großer Dicker, der der Anführer zu sein schien.
Der Erzherzog plumpste auf die Erde und wirbelte eine Staubwolke auf. Die Menschen applaudierten, und Fräulein Cecchini, die ganz in Weiß auf der Tribüne saß, neben dem Mann mit Goldbrille, schwenkte ihr Taschentuch.
Die Männer befestigten die neue Statue, die noch von einem Laken verhüllt war, an der Seilwinde.

»Hau ruck!«, schrie der, der der Anführer zu sein schien.
Die Kapelle nahm Aufstellung, die Musiker konnten es kaum noch erwarten anzufangen. Fräulein Cecchini stieg von der Tribüne herab, Arm in Arm mit dem Herrn mit der Goldbrille, und überquerte die erwartungsvoll schweigende Piazza. Das Band wurde durchgeschnitten, und das Laken glitt wie ein Kleidungsstück zu Boden, die Leute klatschten, und die Kapelle begann die Hymne zu spielen.
Plinio gefiel das neue Denkmal viel besser: Ein Soldat mit vom Wind zerzausten Haaren und einem Säbel an der Hüfte reichte einem majestätischen Herrn mit gezwirbeltem Bart ein kleines Mädchen. Das Mädchen streckte fröhlich die Arme aus, und auf der Schärpe über ihrer Brust stand ihr Name: Italien.
»Wer ist das?«, fragte Plinio und zog seinen Vater am Ärmel.
»Das ist Garibaldi, der Italien dem König übergibt.«
»Und wer ist Garibaldi?«
»Der Held der beiden Welten.«
»Und wer ist der König?«
»Der neue Herr.«

Nur noch Borgo

Damals hieß Borgo wahrscheinlich noch *Borgo a.* Vielleicht *Borgo alla Torre,* wegen des verfallenen Türmchens, dessen einziger offensichtlicher Nutzen darin bestand, Raben und Krähen Unterschlupf zu

gewähren; oder *Borgo ai Paduli,* wegen der dicht mit Schilfrohr bewachsenen Sümpfe, die später von den Faschisten trockengelegt wurden, mit der Auflage, dort landwirtschaftliche Feste abzuhalten, an denen niemand teilnahm; oder *Borgo alla Marina,* denn wenn man über die staubige Straße ging, erreichte man, sofern man gut zu Fuß war, ein bleiches Stück Strand, von Dünen gesäumt, mit Büschen bewachsen, hinter denen die Frauen, sobald die Hitze des Hochsommers im Abklingen war, die Kleider auszogen und in Unterhosen ins Wasser gingen; oder *Borgo al Convento,* weil es von einem Hügel beherrscht wurde, auf dem sich ein verfallenes Konvent befand, in dem man eine Maria lactans verehrte, und das später zu einem Tanzlokal wurde. Den Namen der alten Schwestern mit ihren weißen spitzen Hauben behielt es jedoch bei.
Arm sein in Borgo hieß, zum Schilfrohrschneiden in die Sümpfe zu fahren. Die Männer brachen im Morgengrauen auf langsamen Karren auf. Um diese Zeit hatte das Dorf noch keine festen Umrisse, und der Turm suchte im Nebel nach seiner Bestimmung. Der erste Karren hatte eine Lampe unter der hinteren Deichsel, um sich den Weg zu bahnen. Es gab keine Lieder, um keine kalte Luft zu schlucken, und der tief in die Stirn gezogene Hut war die Sehnsucht nach dem Bett. Sie erreichten die Sümpfe, als die Sonne schon hoch stand, und bestiegen zu zweit die Boote, um abwechselnd zu rudern und zu schneiden. Sie fuhren im Kreis, als trieben sie nur in ihrer Vorstellung existierende Tiere, und kehrten erst zurück,

wenn die Boote voll waren. Inzwischen war es Mittag, und unter den Pappeln am Ufer aßen sie Brot und Zwiebeln. Dann arbeiteten sie weiter, bis zum Abend. Spät in der Nacht kamen sie nach Hause, das Knirschen der Räder kratzte an der Stille des Dorfes.
Am Sonntag verkauften sie das Schilfrohr in der *Fattoria Vecchia*, zu deren Besitztümern die Berge und der See gehörten. Dort empfing sie ein gedrungener, schmieriger Verwalter, der sich ununterbrochen den Gürtel lockerte, damit er seinem immer größer werdenden Bauch nicht im Wege wäre. Er bestimmte den Preis, und er duldete keine Widerrede.
Plinio schnitt Schilf wie alle anderen auch.

Hier entsteht Italien oder wir sterben

Garibaldis Haare wehten im Wind, und er blickte durchs Fernrohr. Wenn sie zu ihm gesagt hätten, komm runter und halt Wache, bis wir wieder da sind, wäre Plinio vom Dampfschiff gegangen und hätte sich allein mit Hilfe seiner Willenskraft aufrecht auf dem Wasser gehalten, am Gewehr lehnend, und ihnen Deckung gegeben. Aber er mußte sich damit zufriedengeben, die Gewehre zu putzen und die Munition bereitzustellen, weil er noch zu sehr Kind war.
Die Küste Siziliens war ein Streifen am Horizont, und die roten Hemden leuchteten im Morgengrauen.

Zwei Namen wie eine Reise

»Es ist ein Junge«, sagte die Hebamme, »und er ist rothaarig!«
Er stand bereits in der Tür, um zur Gemeinde zu gehen, als ihn die Hebamme noch einmal rief.
»Da ist noch einer. Ebenfalls rothaarig!«
Die Zwillinge machten ihm einen Strich durch die Rechnung, was den Namen anbelangte. Am Gemeindeamt wollten sie von Garibaldo und Garibaldo nichts wissen. Plinio redete sich den Kopf heiß, aber es half nichts. Also setzte er sich hin, um nachzudenken. Schließlich brachte er sein Abenteuer auf den Punkt.
»Quarto und Volturno«, sagte er zu dem wartenden Beamten.

Ein enges rotes Hemd

Plinio erinnerte sich, daß das Haus, in dem sie wohnten, von seinem Vater gebaut worden war, der ein wenig mit der Maurerkelle umgehen konnte. Als er darin zur Welt gekommen war, war es nur eine Hütte mit Lehmboden gewesen, und die Küche grenzte an den Hühnerstall. Dann hatte sein Vater einen Granitboden verlegt und einen riesigen Ziegelofen aufgestellt; die Winterabende verbrachten sie an ihn gekauert, ohne sich aufraffen zu können, in die kalten Schlafzimmer zu gehen. Das Haus hatte zwei Stockwerke. Das große Zimmer oben, direkt unter dem Dach, in dem sie Weintrauben und Tomaten trockneten, auf Darren aus Schilfrohr aus dem Fluß, diente auch als Schlafzimmer für Plinio und Agostino. Doch der hatte bald das Fieber bekommen und seinem Bruder den ganzen Platz überlassen. Sein Vater, der Pflanzen liebte, hatte auf der Vorderseite, hinter der Fassade, einen Zitronenbaum gepflanzt, und aufgrund der günstigen Lage hinter der Mauer, die ihn vor den Unbilden des Wetters schützte, war daraus ein riesiger Baum geworden, der sich bis zur Dachrinne emporrankte. Er gab kleine, säuerliche Zitronen, deren Duft so intensiv war, daß man das Brot darin eintunken konnte, wenn es sonst nichts zu essen gab.

In diesem Haus sah Plinio seine vier Kinder zur Welt kommen, auch wenn er die zweiten Zwillinge beinahe verpaßt hätte; als er kam, war Anita schon geboren, und der Arzt zog gerade Garibaldo heraus, der Steißlage hatte.

»Ich halte es nicht mehr aus, ich muß fort«, erklärte er eines Abends. Sie saßen um den Herd herum, um den Winter besser auszuhalten. Esterina drehte mit der Zange ein brennendes Holzscheit um. Sie hatte sanfte Augen und war schwanger.

»In diesem Zustand läßt du mich allein«, sagte sie. Durch den Rauchfang drang Wind und wirbelte Asche auf.

»Ich habe gespart, du kannst ruhig sein. Es ist alles in der Kommode. Genug für ein halbes Jahr.«

»Und wenn sie dich umbringen?«

»Sterben die Leute hier etwa nicht?«

»Und wann fährst du?«
»Morgen.«
»Was ist es denn, was dich hier so fertigmacht?«
Plinio machte eine vage Bewegung mit dem Arm.
»Alles. Dieses Leben. Die Herren.«
Die Nacht verbrachten sie mit Vorbereitungen, doch Plinio wollte nichts mitnehmen, nicht einmal ein Bündel. Er hatte das rote Hemd aus der Truhe geholt, aber es war ihm um die Mitte schon zu eng, so daß er die Knöpfe in der Taille offenlassen mußte.
»Du bist dicker geworden«, sagte Esterina.
Sie umarmte ihn an der Tür, noch vor der Morgendämmerung. Sie brachen zu mehreren auf, die anderen kamen aus Dörfern jenseits der Sümpfe. Sie hatten sich abgesprochen und trafen sich auf der Straße.
»Wenn es ein Junge wird, nenn ihn Garibaldo, wenn es ein Mädchen wird, Anita.«
Tränen kullerten aus ihren traurigen Augen, einverstanden.
»Hoffentlich ist es diesmal nur eines«, sagte Plinio, und schon war er am Tor, auf der Straße.

Mit ergebensten Grüßen

»Wir müssen amputieren«, sagte der Arzt mit dem Spitzbart. Die Splitter hatten ihm den Fuß zerfetzt, er hing nur mehr an zwei Sehnen, wie eine Weihgabe.
»Schneiden Sie die Fasern ruhig ab«, sagte Plinio.
Es war keine schwierige Arbeit, aber im Rauch und

dem Durcheinander hinter der Bresche konnte man ohnehin nur auf die Schnelle arbeiten. Nachdem der Arzt die Blutgefäße abgebunden hatte, nahm er das Becken und wollte gehen, aber Plinio hielt ihn zurück.

»Der gehört mir, und ich möchte ihn wiederhaben«, sagte er entschlossen.

Er wurde auf einer Bahre quer durch Rom getragen, und unter der Decke hielt er seinen Fuß fest. Zu den beiden Kameraden, die ihn transportierten, sagte er: »Hierhin, dorthin«, als kenne er sich in Rom so gut aus wie ein Römer. Er verließ sich jedoch nur auf seinen Spürsinn, wie ein Hund, der Witterung aufgenommen hat. Als sie bereits die Kuppel sehen konnten, ging dahinter gerade die Sonne unter. Auf Plinios kalkweißem Gesicht lag ein erwartungsvolles Lächeln. Obwohl die beiden bereits Zeichen von Ungeduld zeigten, bestand er darauf, bis zur Mauer der Vatikanischen Gärten getragen zu werden. Er zog seinen Fuß unter der Decke hervor und schleuderte ihn wie einen Stein über die Mauer. Dann ließ er sich zu einem kleinen Laden bringen, kaufte eine Ansichtskarte vom Petersdom und schickte sie seiner Ester. *»Ich habe Pius IX. einen Fußtritt gegeben. Mit ergebensten Grüßen, dein Plinio«.*

Ein Platz am Tisch wird frei

Garibaldo sah seinen Vater sterben. Plinio lag auf dem Küchentisch, groß wie eine Kirche und mit aufgeblähtem Bauch. Garibaldo, fünf Jahre groß, sah nur den Fußstumpf, der aus dem rechten Hosenbein hervorragte. Der Arm des Sterbenden schwang hin und her, und die geballte Faust streifte über den Boden. Seine Mutter schluchzte im Schlafzimmer, und Volturno hockte neben dem Herd und schwitzte. Es konnte einfach nicht sein, daß sein Vater, der zu Mittag noch am Tisch gesessen und laut gesprochen hatte, jetzt dalag und nach Luft rang. Zweifellos würde er wieder aufstehen, nachdem er sich ausgeruht hatte, er würde seinen Magen anspannen und die Kugel aus dem Bauch jagen und sie zwischen zwei Fingern zerquetschen wie eine Mücke.
Als er jedoch am nächsten Tag aufstand, war sein Vater nicht mehr da, und sein Platz am Tisch blieb für immer leer.

Figuren in der Asche

Volturno wuchs auf, ohne sich zu bewegen und ohne zu sprechen, als kenne er die andere Seite der Gesten. Er verbrachte die Tage in einem Winkel am Herd, wo er sich mit zwei Holzbrettern eine Art Laufstall geschaffen hatte. Von dort wollte er nicht weg: Hartnäckig schweigend gab er seiner Mutter zu verstehen, daß sie ihm das Essen bringen sollte. In einen Barchentoverall gekleidet, verfolgte er aus halboffenen Augen das Leben seiner Familie in der Küche. Er schwieg, als ob er zwar sprechen könnte, aber nicht wollte. Quarto wich nicht von seiner Seite, auch nicht, wenn es bei seinen Spielen drunter und drüber ging. Er spielte vor seinem Bruder, als würde er mitspielen, er erzählte ihm Geschichten, die sich sein Bruder mit halboffenen Augen anhörte, er brachte ihm Geschenke, glänzende Steine und Knöpfe. Es schien, als kenne er allein das Geheimnis von Volturnos Sprach- und Reglosigkeit und wiche deshalb nicht von seiner Seite. Es war eine physiologische Bindung, wie sie bei Zwillingen häufig vorkommt, die aus demselben Fleisch und Blut sind: Wenn er von ihm getrennt war, wirkte er unruhig und verstört, er schreckte plötzlich auf, wurde von unerklärlichem Schluchzen geschüttelt, hatte Angst vor der Dunkelheit. Aber kaum waren sie wieder vereint, war er ausgelassen wie eh und je: er überbot sich selbst an Kühnheit und ließ sich von seinem eigenen Übermut mitreißen.

An dem Abend, als Garibaldo und Anita zur Welt kamen, als der Arzt und die Hebamme im Schlafzimmer mit der Zange hantierten und sein Vater in der Küche auf- und abging, sprach Volturno seine ersten Worte. Er hatte den Tag in einem Zustand der Mattigkeit und der Melancholie verbracht, schweigend ein paar wenige Tränen geweint und stoisch sein Dreitagefieber über sich ergehen lassen. Am Nachmittag dann wurde er von heftigem Fieber geschüttelt, der Schüttelfrost trieb ihm die Schweißperlen

bis auf die Wimpern, die seine hellen Augen umrandeten. Plinio, der zu ihm hinging, um ihn zu trösten, wußte nicht, was er antworten sollte, als die jungfräuliche Stimme Volturnos ihm anvertraute:
»Ich habe Angst. Ich habe vor allem Angst.«
Die Familie akzeptierte schweigend die Erklärung, und Volturno blieb in der Finsternis seines Gefängnisses hocken, wies die Welt zurück und zeichnete mit einem Stöckchen Figuren in die Asche.

Ein Grabstein

Ein bißchen Geld, ein ganz klein bißchen, hatte Esterina gespart. Und sie gab es zur Gänze für den Grabstein aus: Sie wollte einen aus Travertin, mit der Aufschrift:

– GARIBALDINO –
KÄMPFTE IN ROM UND CALATAFIMI
STARB MIT DREISSIG JAHREN
WEGEN EINES BLÄSSHUHNS

Kindheit

Garibaldo entwickelte sich zu einem schönen, übermütigen Kind, wie Quarto, und aufgrund einer Laune der Natur sah er ihm ähnlich wie ein Zwilling. Er war sprunghaft, suchte die Gesellschaft anderer, glaubte nur an sich selbst, ließ sich nicht berühren, und wenn er Polizisten sah, wurde er blaß, begann zu zittern und biß sich auf die Lippen. Anita hingegen hatte dieselbe schweigsame und scheue Art wie Volturno, sie hatte dieselben häßlichen Augen und dasselbe bleiche Gesicht, sie liebte die Asche und den Schatten, blickte ins Leere, zeichnete in der Asche.

Sonntag nachmittags ging Esterina mit ihnen auf den Friedhof. Volturno kam nur im Winter mit, wenn er sich in der frühen Abenddämmerung vor den Menschen verstecken konnte. Sie stellten sich hintereinander vor dem Grab auf, beinahe mürrisch. Nicht etwa, daß sie beten würden, sie plauderten mit Plinio.

»Nun, wie geht's?«, fragte Esterina.

Die Zypressen rauschten, es wehte ein leiser Wind, und wenn es Sommer war, lief eine Eidechse über den Travertin.

»Wir können uns nicht beklagen.«

Sie gingen der Reihe nach weg, und dabei bekreuzigten sie sich, tippten sich flüchtig einmal auf die Stirn und zweimal auf die Brust. Und so ging es während ihrer ganzen Kindheit.

Die Ängste der anderen

Volturno zog wie ein Magnet Ängste an. Das stellte Esterina an dem Abend fest, als Plinio röchelnd auf dem Tisch lag, mit den Kugeln des Jagdaufsehers im Bauch. Plötzlich ertappte sie sich dabei, daß sie an die Wäsche dachte, die auf dem Vorplatz hing, und an die Wolken, die der Wind vor sich hertrieb, und einfach, wie sie war, gestand sie sich ein, daß dieses Gefühl der Leere, diese Verwirrung, die sie nur an das bevorstehende Gewitter denken ließ, ein riesiger Schmerz war. Kaum hatte sie den Vorplatz betreten, da spürte sie in der Magengrube das stechende Gefühl der Angst. Eine wilde, freigewordene Angst, die ihr nicht einmal Zeit ließ zu reagieren: Schmerz, gekränkte Liebe, Mitleid, Abscheu, Angst vor der Gegenwart und der Zukunft. Schwankend kehrte sie in die finstere Küche zurück, wo Volturno, schwarz vor Asche, eines seiner unerklärlichen Dreitagefieber ausschwitzte, und sofort fühlte sie in sich eine künstliche Leere, als hätte ihr jemand den Schmerz weggenommen. Da verstand sie das Geheimnis Volturnos, seine Fieberschübe, sein Schwitzen und sein freiwillig gewähltes Exil, und sie lief ins Schlafzimmer, um alleine zu weinen, wie es ihre Pflicht war.

Schöne Augen vor Hunger

»Mama, heute gibt es nichts zu essen.«
»Das ist gut für die Augen«, antwortete Esterina.
Und weil oft nichts da war, hatten sie bald wunderschöne, große feuchte Augen.

An der Schwelle zum Jünglingsalter wartete Volturno mit einer neuen Krankheit auf. Er antwortete plötzlich auf eine Frage, die man ihm am Vortag gestellt hatte, er erinnerte sich an Dinge, die noch nicht geschehen waren, er erlebte ein und dieselbe Enttäuschung zweimal. Die anderen hielten das für Scherze und unschuldige Lügen, niemand maß ihnen eine besondere Bedeutung bei. An dem Tag jedoch, als er behauptete, er könne sich ausgezeichnet daran erinnern, daß Quarto in Afrika in einer belagerten Festung gestorben war, fand Esterina, die Sache nähme ein beunruhigendes Ausmaß an, und sie stattete Zelmira, die das Zweite Gesicht hatte, einen Besuch ab. Zelmira erhitzte Öl in einer Schüssel, tunkte es mit Werg auf und ließ es auf gelbes Papier tropfen. Das Öl verteilte sich in vier Rinnsale, die miteinander ein Kreuz bildeten.

»Er ist ein Dichter«, sagte Zelmira. »Er hat das Übel der Zeit.«

»Ist es sehr schlimm?«, fragte Esterina.

»Ach wo.«

»Kann er geheilt werden?«

»Er bräuchte eine Frau«, sagte Zelmira, »und vielleicht auch einen Sohn. Aber auch dann kann ich nichts versprechen.«

Es vergingen leere Winter, in denen der Wind über die Straßen fegte und die Melancholie nicht von ihnen wich. Quarto, der in den Stallungen der *Fattoria Vecchia* arbeitete, erhielt die Familie. Trotz seiner Jugend war er bereits der beste Pferdekenner weit und breit: Er kannte alle Rassen und alle Kreuzungen, er kannte sich bei Krankheiten aus und verdiente soviel Geld, wie er wollte. Man sah ihn auf einem Fuchs vorbeireiten, den er auf Raten gekauft hatte, mit vom Wind zerzaustem Haar und der Gerte in der Linken, und er sah aus wie ein Herr. Die Blicke der Mädchen folgten ihm mit wehmütigem Verlangen. Aber er gehörte keiner. Er hatte ein Mädchen in der *Fattoria*, eine andere im Dorf, noch eine andere jenseits der Sümpfe. Und zu allen hatte er gesagt:
»Wir heiraten im März.«
Volturno war in dem finsteren Gefängnis seiner Kindheit zu einem bleichen und zarten Jüngling herangereift. Mit feuerroten Haaren und schneeweißem Gesicht lief er, so schnell er konnte, durchs Dorf, er verbrachte ganze Tage am Fluß. Am Abend kehrte er in seinen aschenen Schoß zurück, wie zu einem uralten Laster, um seine Geheimnisse niederzuschreiben. Er verwandelte seine Ängste, die die Asche bereits aufgenommen hatte, in winziges, enges, unleserliches Gekritzel: Seite um Seite, die er wie Schmetterlinge ins Feuer fallen ließ, bevor er zu Bett ging. Wenn die Melancholie noch drängender war, verzichtete er auf das Schreiben und erzählte seine Ge-

schichten mit lauter Stimme, aber niemand konnte sie enträtseln, denn von seiner Krankheit war ihm die Gewohnheit geblieben, die Dinge in umgekehrter Reihenfolge zu erzählen, und so begann er mit dem Ende und hörte mit dem Anfang auf, oder er brachte die verschiedensten Geschichten durcheinander. Er drehte die Namen seiner Geschwister um: Garibaldo nannte er Odlabirag; Quarto Otrauq; Anita behielt den umgedrehten Namen, mit dem er sie rief, ein Leben lang bei, denn er war schön und einfach: Atina.

Sonntags zog er ein weißes Hemd an, das sein bleiches Gesicht und seine roten Haare noch zusätzlich betonte, und legte zu Fuß die vielen Kilometer zum Strand zurück, um die Boote zu beobachten. Dort lernte er Esperia kennen, und durch die auf Gitter gespannten Netze hindurch, die sie reparierte, erzählte er ihr von seiner Mattigkeit und legte Schicht um Schicht seine Ängste frei. Anfang Mai führte er sie nach Hause, und sie hießen sie willkommen.

Esperia sah die Menschen an, als schaute sie noch immer durch ihre Netze aufs Meer hinaus.

»Findet ihr nicht, daß die Wiesen zuwenig blau sind?«

Zum Spaß

Sie kam jeden Sonntag. Volturno begleitete sie nach Hause und erzählte ihr Geschichten, die mit dem Anfang endeten.

An jenem Tag, als Quarto vorbeigeritten kam und an der Schwelle stehenblieb, ohne von seinem Fuchs zu steigen, verspürte er eine neue Angst, eine nicht zu beschwichtigende Trauer um etwas, das bereits verloren war.

»Komm, Esperia, ich nehme dich ein Stück mit!«

Esperia, die ein Wasserwesen war, hatte Angst vor Landtieren.

»Nur zum Spaß!«

Er hob sie hoch, und während sie davongaloppierten, legte sie den Arm um seine Taille, um nicht herunterzufallen.

Als sie mit rotem Gesicht und zerzausten Haaren zurückkamen, hatten sie sich verlobt; im März würden sie heiraten. Volturno schwitzte wie noch nie in seinem Leben, die Angst tropfte in die Asche. Er begann wieder Antworten auf Fragen zu geben, die man ihm Monate zuvor gestellt hatte, und er verabschiedete sich von seiner Mutter, er unternahm eine weite Reise, ohne seinen Winkel am Herd zu verlassen. Er sagte, er schwitze den Schmerz Garibaldos aus, die Angst Esterinas und das zukünftige Heldentum Quartos.

Wie sein Vater

In seinem ersten Brief sprach Quarto glühend von der Liebe und der Wüste.

Wie schön Quarto doch gewesen war, als er Abschied genommen und ihnen Küsse zugeworfen hatte! Volturno schien sich in dem Tornister verkriechen zu wollen, den er am Rücken trug. Bald waren sie nur noch zwei Papiersoldaten am Ende der Straße.

Eines regnerischen Morgens hatte der Postbote ihnen die Nachricht überbracht, daß Afrika sie rief. Garibaldo blieb seinem Namen treu.

»Wegen dieser Trottel, die auf der faulen Haut liegen, lasse ich mich nicht umbringen«, sagte er beim Abendessen.

Er ging in sein Zimmer hinauf, legte sich aufs Bett, lud die Flinte und zielte auf den rechten Fuß. Als Esterina einige Monate später Osterputz machte, fand sie oben auf einem Schrank einen kleinen Zeh, der zu einer verschrumpelten Raupe geworden war.

Afrika

Langsam vertröpfelten die Monate. Esperia kam am Sonntag, um der Familie Quartos Briefe vorzulesen.

Liebe Esperia,
die Sonnenuntergänge hier sind wie blutende Wunden, und nachts denke ich so sehr an dich, daß ich dich fast berühren kann. Afrika ist so groß, es wirkt abstrakt wie eine imaginäre Geometrie. Erinnerst du dich an mich oder beginnst du mich schon zu vergessen? Du darfst mich nicht allzu gern haben, du mußt vorsichtig sein. Man weiß nie, was die Zukunft bringt.

Dein Quarto

»Was schreibt er da bloß?«, fragte Esterina zitternd. »Afrika hat einen anderen aus ihm gemacht. Aber wenn er zurückkommt, wird er wieder der alte sein, er wird seine Fröhlichkeit wiederfinden und mit dir spazierenreiten.«

Ein Beduine

Volturno war mit den Beduinen davongelaufen. Das schrieb Quarto in einem kurzen, sachlichen Brief, noch bevor sie von der Regierung benachrichtigt wurden, daß er desertiert sei. Er hatte sich einer Karawane angeschlossen, die in den Süden Libyens zog und Waffen und Alkohol mit sich führte. Eine herbe Araberin mit einem Schleier vor dem Gesicht hatte ihm den Kopf verdreht und ihm mit ihrer Sinnlichkeit die Ängste genommen. Er war nachts davongelaufen und hatte seinem Bruder ein Kärtchen zurückgelassen, auf dem er sich verabschiedete und ihn bat, ihm zu vergeben und ihn zu vergessen.
Esterina las den Brief mit zugeschnürter Kehle, und am Abend stellte sie eine Lampe ins Fenster.

Lange Netze zur Ablenkung

»Warum schreibt er nicht, warum antwortet er nicht?«
In Esperias Augen tobten Stürme. Sie verbrachten schweigsame Sonntage, Vorboten weiterer Sonntage.

»Du wirst schon sehen, nächste Woche schreibt er«, sagte Esterina.
Die Augen Esperias, die alle Tränen vergossen hatten, waren ein bleiernes Meer bei Windstille. Sie brachte Zwirnknäuel und Häkelnadel mit, und um sich abzulenken, stellte sie Netze her, die so breit wie eine Hand und Dutzende Meter lang waren, und die sie später, da sie zu nichts nutze waren, auf dem Küchentisch liegenließ. Garibaldo betrachtete sie mit dem Interesse eines Jünglings und entdeckte in sich bodenlose Abgründe.

Auf einmal viel zu schön

Erst an dem Tag, als Atina sie rief, damit sie ihr bei ihrer ersten Regelblutung beistünde, stellte Esterina fest, daß ihre Tochter eine Schönheit geworden war. Sie lag mit gespreizten Beinen auf dem Bett und betrachtete entsetzt den Blutfleck, der sich auf dem Laken ausbreitete. Esterina umarmte und tröstete sie, sie sagte ihr, nun sei geschehen, wovon sie ihr erzählt hatte: Leider kündigte sich das Frau-Werden nicht an. Sie zog sie aus, um ihr zu helfen, und sie fand tatsächlich eine Frau vor. Bis zum Tag davor war sie ein häßliches Mädchen gewesen, schweigsam und finster wie ihr Bruder Volturno, mit einer undefinierbaren Augenfarbe, die sich erst in der Pubertät als Himmelblau entpuppte. Sie ging auf Zehenspitzen, unterdrückte die Melancholie und verschwieg wie Volturno ihre Ängste. Sie träumte davon, ins

Kloster zu gehen; weil sie ihre feuerroten Haare unter einer schützenden weißen Haube verbergen wollte, weil sie in der feuchten Dunkelheit des Klosters leben wollte; weil sie in der Kutte dahinschweben wollte, ohne die Füße gebrauchen zu müssen. Sie hatte zu ihrer Mutter gesagt:

»Ich möchte ins Kloster gehen.«

»Mädchen weinen mit einem Auge, verheiratete Frauen mit zweien und Klosterschwestern mit vieren«, hatte Esterina geantwortet.

»Aber ich gehe nichts ins Kloster, weil ich unglücklich bin, sondern weil es mein Wunsch ist«, hatte Atina erwidert.

An dem Morgen, als sie ihre erste Regelblutung hatte, und Esterina, verstört von der Schönheit ihrer Tochter, feststellen mußte, daß ihre Augen über Nacht himmelblau geworden waren, daß sie feuerrote Haare und eine schneeweiße Haut hatte, unterstützte sie zum ersten Mal ihren alten Wunsch.

»Vielleicht ist es besser, wenn du ins Kloster gehst«, sagte sie. »Du bist viel zu schön, es wird noch ein Unglück geschehen.«

Atina gewöhnte sich nie an die unverhoffte Schönheit. Erschrocken über ihr verändertes Aussehen trug sie knöchellange Röcke, versteckte ihr Haare unter einer alten Haube, rieb ihr Gesicht mit Asche ein, damit die schneeweiße Haut grau wurde, mied ihre Altersgenossen. Sie wartete ungeduldig auf den Sommer, den sie mit Ottorino, dem Sohn des Gutsverwalters, der das Priesterseminar besuchte, verbringen würde, dessen herbe Kutte bereits am ersten Tag auf dem Land schmutzig vor Erde war und mit dem sie aus Blumen und Glasscherben Altäre baute.

Ein Eisenkreuz

Als Quarto in einer plombierten Kiste nach Hause zurückkehrte, unterschrieb Esterina die offizielle Empfangsbestätigung, machte einen großen Bogen um die Kapelle, die die Hymne spielen wollte, hütete sich davor, Hände zu drücken, und ignorierte einen salutierenden Soldaten. Sie hievte sich die Kiste auf den Kopf und trug sie heim wie einen Wäschekorb. Sie war in ein Tuch in den Farben der Trikolore gehüllt und trug den Stempel eines fernen Hafens: Brindisi. An der Kiste war ein Doppelsack befestigt, in dem sich die Erkennungsmarke und Esperias Liebesbriefe befanden. Mitten auf dem Tuch in den Farben der Trikolore war das Kriegskreuz befestigt, das ihm für seine Heldentat verliehen worden war.
Am Abend zu Hause las Esterina Garibaldo, Atina und Esperia die Begründung vor. Quarto hatte sich freiwillig für einen Einsatz gemeldet, bei dem er von Anfang an zum Tod verurteilt war, und das Eisenkreuz hatte man ihm an die Brust geheftet, bevor er aufgebrochen war, gewissermaßen zum Gedenken. In der Nacht stand Esterina auf, ging in die Küche hinunter und brach die Plomben auf. Trotz des Kerzenlichts und ihrer Gemütsbewegung zweifelte sie keinen Augenblick, als sie die sterblichen Überreste ihres Sohnes sah. Sie weckte Garibaldo auf und führte ihn nach unten.

»Es ist Volturno«, sagte sie. »Volturno, dieser Narr.« Esperia sagten sie natürlich nichts. Sie gaben ihr das Eisenkreuz, und gemeinsam mit ihm begann sie langsam zu rosten, während ihre Besuche immer kürzer wurden.

Berufung

Garibaldo war ein geborener Wilddieb. Er brauchte nur zu schnuppern und wußte, daß Wildschweine vorbeigezogen waren, oder daß der Jagdaufseher in der Nähe war, er durchbohrte die Nacht mit Katzenaugen, er schlief im Gebüsch genausogut wie im Bett. Esterina fürchtete sich vor der zukünftigen Vergangenheit.

»Ich bin nicht wie mein Vater«, sagte Garibaldo, »mein Fuß ist in Ordnung.«

Sein Fuß war zwar kurz und verwachsen, aber dennoch äußerst beweglich, fast wie eine dritte Hand. Er war eine Alarmglocke. Sobald sich ein Jagdaufseher im Umkreis von hundert Metern befand, explodierte sein Fuß vor Schmerz, wie damals, als er auf ihn geschossen hatte. Er wußte, daß sie ihn nie schnappen würden, weil sein Fuß ihn rechtzeitig warnen würde. Auch in jener mondhellen Nacht, als er zu dem kleinen, im Dickicht verborgenen See hinunterstieg, um ein durstiges Wildschwein zu überraschen, sagte ihm sein Fuß, daß der Jagdaufseher auf der Lauer lag, um ihn zu fassen, wie damals, als er seinen Vater mit Kugeln durchlöchert hatte. Da duckte er sich hinter einem Baumstamm, der am Weg lag, und hielt das Gewehr am Lauf mit emporgestreckten Armen in die Höhe, bis der Jagdaufseher neugierig und ängstlich sein Versteck verließ, sich ihm über den grasbewachsenen Weg näherte und den Kopf ausstreckte, um hinter dem Baumstamm nachzusehen. In diesem Moment krachten die Arme, die sich aufgrund des langen Emporstreckens wie Holz anfühlten, mit Ungestüm herab. Es gab ein dumpfes Geräusch, wie ein Schlag ins Wasser, und der Jagdaufseher fiel zu Boden wie eine Marionette mit abgeschnitten Fäden.

Das Leben der Heiligen Ursula

Ottorino war breit, aber trotzdem nicht kräftig, seine Fettheit hatte etwas Ruhiges und Bleiches, wie es sich für einen Seminaristen gehörte. Seine Hände waren schüchtern und tolpatschig, gewöhnt an die Perlen des Rosenkranzes und an geheime Laster. Er träumte davon, Diakon zu werden, und er hatte eine Schwäche für prächtige Gewänder und Prozessionen. Er konnte aus Blumen Kissen und kleine Teppiche flechten, in die er mit Gräsern Lobeshymnen auf die Heilige Ursula einwob, über deren Leben er in diesem Sommer, wie er vor seiner Abreise nach Borgo beschlossen hatte, nachdenken wollte. Aber es war der erste Sommer, in dem es ihm nicht gelang, sich auf das Leben der Heiligen zu konzentrieren: Wegen der Hitze, wie ihm wohlwollend der Präfekt erklärte, der, bei seiner jährlichen Reise zur Unter-

stützung der Seminaristen in ihrem Kampf gegen die Verlockungen des Fleisches, zum Abendessen Station in der *Fattoria* machte.
Die Hitze war tatsächlich höllisch. Auf den Feldern verbrannten die Stoppeln, und auf dem Friedhof, der von der *Fattoria* nur ein paar Schritte entfernt schien, leuchteten in der Nacht Irrlichter, die Ottorino für büßende Seelen hielt. Vom Fenster ausgehend durchmaß er mit gelangweilten Schritten das Zimmer und dachte über die Heilige Ursula nach, während er in seiner Kutte schwitzte, die er auf Rat des Präfekten trug, wenn ihn die Verlockungen des Fleisches überkamen. Für Ottorino hatte das Leben etwas Tragisches, und er weinte gern bei der Vorstellung, als christlicher Märtyrer im Circus Maximus von wilden Tieren zerfleischt zu werden. Caesar sagte zu ihm: »Wenn du deinem Glauben abschwörst, schenke ich dir das Leben.« »Niemals«, antwortete Ottorino, »der Tod ist das wahre Leben!«
Aber in diesem Sommer begann ihn immer wieder derselbe schmutzige Traum zu quälen, und wenn er aufwachte, fühlte er sich schwach und niedergeschlagen. Caesar sprach in einem leeren Amphitheater zu ihm, er schrie ihn von der Kaisertribüne aus an wie ein hysterischer Zwerg. Die Stimme, die absurderweise mehrmals widerhallte, ähnelte auf merkwürdige Weise der Eunuchenstimme des Präfekten: »Wenn du deinem Glauben abschwörst, schenke ich dir das Leben.« Ottorino hätte gern mit einem stolzen Satz geantwortet, aber seine Handgelenke und Knie waren weich wie Gelatine. Die Stimme gehorch-

te ihm nicht, und als er schließlich doch einen Satz hervorbrachte, schrie er voller Abscheu: »Ich schwöre ab, ich schwöre ab!«
Da brach Caesar in lautes Lachen aus. Und der Circus füllte sich langsam mit Menschen: eine Unzahl von Gesichtern blickte ihn voller Verachtung an. Hinten in der Arena wurde ein Gittertor emporgezogen, und ein Tier sprang mit aufgerissenem Maul auf ihn zu. Ottorino verbarg den Kopf in seinen Händen und bat die Heilige Ursula um Verzeihung für seine Feigheit. Dann wachte er plötzlich auf.
Er vertraute sich Atina an und organisierte eine Prozession zu zweit an den Fluß. Ottorino ging vorne und trug einen Blechnapf, den er in ein Weihwasserbecken verwandelt hatte, und in dem zwei Klumpen Weihrauch brannten, die er aus dem Seminar mitgenommen hatte. Atina ging hinter ihm und antwortete auf die liturgischen Formeln.
»Consolatrix afflictorum.«
»Ora pro nobis.«
»Refugium peccatorum.«
»Ora pro nobis.«
»Atina«, sagte Ottorino und hörte zu beten auf, »ich kann mich einfach nicht auf die Heilige Ursula konzentrieren. Auch heute nacht habe ich zwei Stunden lang nachgedacht, ohne zu einem Schluß zu kommen.«
Atina gab keine Antwort.
»Immer wenn ich an die Heilige Ursula denke, sehe ich dich. Die Heilige Ursula hat deine Augen und deine Haare.«

An diesem Nachmittag badeten sie gemeinsam im Fluß. Es war schrecklich heiß. Ottorino zog die Kutte aus, die am Saum voller Schlamm war, und hängte sie zum Trocknen aufs Schilf. Von nun an verging der Sommer wie im Flug, die Tage überstürzten sich. Das erste Gewitter überraschte Ottorino, weil er dachte, es sei noch verfrüht, dabei war es schon Ende September. Atina hatte ihm gesagt, daß sie schwanger war, und die Heilige Ursula war völlig aus seinen Gedanken verschwunden.

Paris, grauer Himmel

»Er hat überlebt«, schrieb Esterina, »er hat ein dikkes Fell.«
Garibaldo ärgerte sich im nachhinein darüber, daß er Hals über Kopf geflohen war – die ruhelose Nacht zu Hause, das in aller Eile geschnürte Bündel, die menschenleere, von Mauern umgebene Piazza, die Straße im blaßblauen Licht des frühen Morgens.
»Es ist bereits ein Jahr vergangen, sie können dir nichts anhaben, vielleicht hat er dich nicht einmal erkannt.«
Aber Garibaldo antwortete:
»Es ist besser, vorsichtig zu sein. Mir geht es gut, ich arbeite in einer Stoffabrik, ich esse zweimal am Tag. Nein, lassen wir lieber noch etwas Zeit verstreichen. Der Himmel hier ist allerdings grau, nicht wie zu Hause, ich erinnere mich gar nicht mehr an die Sonne, sie ist im Oktober in Pension gegangen, und

laß Esperia von mir grüßen, sobald ich zurückkomme, spreche ich mit ihr.«

Esterina sprach inzwischen mit Zelmira, weil ihr ein Zweifel gekommen war.

»Er wird doch nicht dieselbe Krankheit wie Volturno haben?«

»Kann schon sein«, antwortete Zelmira. »Er ist zu weit weg, um das festzustellen.«

Esterina verzehrte sich vor Einsamkeit. Sonntags besuchte sie Plinio und Volturno, die sie mit ihren letzten Ersparnissen in zwei angrenzende Grabnischen hatte legen lassen; sie nahm die Briefe Garibaldos mit und las sie leise vor, bis der Friedhofswächter kam und sagte, er schlösse jetzt das Tor, wenn sie hier schlafen wolle, sei das ihre Sache. Zu Hause wartete Esperia auf sie, mit Geschenken vom Meer. Sie hatte es satt, Netze zu flicken, sie hatte sie auf dem Gitter hängen lassen, mit riesigen Löchern darin, die die Vögel Tag für Tag vergrößerten, weil sie die Insekten herauspickten, die sich zwischen den trockenen Algen und den Fäden eingenistet hatten. Am liebsten hätte sie sich in eine Muschel aus Erinnerungen eingeschlossen, sich ins Meer fallen lassen und im Dunkel des Wassers von Felsenriffen gelebt. Esterina versuchte ihr zu sagen, daß sie noch jung war, daß es dumm war, verzweifelt der Vergangenheit nachzuhängen; aber sie fuchtelte mit den Händen in der Luft und klopfte auf den Tisch, als wollte sie sagen, daß sie ein Rätsel zu lösen habe und sich nur deshalb erinnerte. Sobald sie das Rätsel der Vergangenheit gelöst hätte, würde sie an die Gegenwart den-

ken. Und so jeden Sonntag, Jahr für Jahr, während Garibaldo sie in jedem Brief grüßen ließ, ohne sich entscheiden zu können zurückzukehren.
»Deine Schwester ist ins Kloster gegangen, weil sie unglücklich war, nicht weil es ihr Wunsch war«, schrieb Esterina schließlich; »bisher habe ich es dir aus Mitgefühl verschwiegen, aber da du dich nicht entschließen kannst zurückzukehren, muß ich es dir sagen.«

Der am wenigsten häßliche der Heiligen Drei Könige

Hinter den Papieren auf seinem Schreibtisch verschanzt, hatte sein Vater schweigend zugehört. Dann stand er auf, ging mit nachlässigen Schritten auf ihn zu und versetzte ihm eine Ohrfeige, daß er schwankte.
»Warum schlägst du mich?« fragte Ottorino. »Du hast kein Recht dazu.«
Sein Vater packte ihn am Kragen und versetzte ihm noch eine Ohrfeige. Dann ging er auf den Vorplatz hinaus und spannte die schnelle Kutsche an. Er hob ihn beinahe hinauf und schnalzte mit der Gerte, um das Pferd anzuspornen.
»Wo bringst du mich hin?«, schnaufte Ottorino und wischte sich das Blut ab, das ihm aus der Nase rann.
»Du beichtest bei Don Milvio, und morgen früh reist du sofort ab. Hast du es jemandem gesagt?«
»Nein«, schnaufte Ottorino, »nur wir wissen es.«
»Dann sind wir ja noch rechtzeitig dran«, sagte sein Vater.

Don Milvio schlief noch nicht. Er bastelte im Pfarrhaus eine mehrfache Mausefalle; die Anweisungen dazu entnahm er einem Lehrbuch für Hydraulik, mit dessen Hilfe er Technik studiert hatte, bevor er die Berufung zum Priester verspürte. Er hörte, wie die Kutsche unter seinem Fenster vorfuhr, und zog sich rasch an, denn um diese Zeit konnte es sich nur um eine Letzte Ölung handeln. Er nahm die Kassette, in der sich die nötigen Utensilien für das Sterbesakrament befanden, legte sich die Stola um und öffnete die Tür. Die Kutsche, in der er die Umrisse eines behäbigen Mannes erblickte, stand unter dem Glockenturm. Zwei vor Schluchzen bebende Schultern kamen auf ihn zu.

»Du bist's«, sagte Don Milvio.

»Ich muß beichten«, flüsterte Ottorino.

Don Milvio führte ihn ins Vorzimmer, ein kühles, niedriges Zimmer, das früher einmal als Keller gedient hatte. »Um diese Zeit«, sagte Don Milvio. »Konntest du nicht bis morgen früh warten?«

Ottorino nickte, dann schüttelte er den Kopf, schließlich setzte er sich auf eine Bank, auf der zwei Blumenvasen ohne Blumen standen.

»In diesem Dorf kommt nie jemand zur Beichte«, brummte Don Milvio, »aber wenn jemand kommt, dann um Mitternacht.«

Ottorino steckte sich das Taschentuch in die Nase.

»Ich habe mehr an Anita als an die Heilige Ursula gedacht«, stieß er hervor.

»Du hast einen guten Geschmack«, sagte Don Milvio, der die Schwächen des Fleisches kannte.

Ottorino, der nicht mit Zuspruch gerechnet hatte, schöpfte Mut.
»Mein Vater hat mich geschlagen«, schnaufte er und unterdrückte das Schluchzen.
»Er ist ein Kerzenschlecker«, sagte Don Milvio, »er hat keine Ahnung, was Barmherzigkeit ist.«
»Anita ist im dritten Monat schwanger«, flüsterte Ottorino.
Don Milvio stand auf und bekam vor Aufregung einen Hustenanfall. Er versuchte, sich weder von der Wut noch von allzugroßer Barmherzigkeit mitreißen zu lassen, seinen beiden größten Schwächen.
»Was soll ich tun?«, fragte Ottorino voller Angst.
Don Milvio dachte an den Heiligen Hieronymus, der Heuschrecken gegessen hatte, um sich zu kasteien, und er wurde jäh aus seinen Gedanken gerissen, weniger von Ottorinos flehender Frage, als von der Pendeluhr, die zwölf Uhr schlug.
»Wenn ihr euch einig seid, solltet ihr wohl heiraten«, sagte er heiter. »Geh jetzt ins Bett, und denk darüber nach.«
Ottorino erhob sich, von einer großen Last befreit, bekreuzigte sich und ging entschiedenen Schritts auf die Kutsche zu.
Im Morgengrauen erhängte er sich an einem Balken in seinem Zimmer, während sein Vater die Kutsche anspannte, um ihn ins Seminar zurückzubringen. Er hatte es so eilig, daß er Anita nicht einmal ein Kärtchen hinterließ, und außerdem hätte er gar nicht gewußt, was er ihr sagen sollte. Ihr Gesicht war jedoch das letzte Bild der Welt, das er vor Augen hatte, wäh-

rend er verzweifelt versuchte, sich der Heiligen Ursula anzuempfehlen.
Anita gebar ein krebsrotes Baby. Es war gesund und rundlich, obwohl es ein Siebenmonatskind war, und sie weigerte sich standhaft, es anzusehen. Esterina gab ihm den Namen Melchior, weil es am sechsten Januar geboren war und weil Melchior von den Namen der Heiligen Drei Könige der am wenigsten häßliche war; sie begann ihn bereits liebzugewinnen, als der Gutsverwalter ihn einforderte. Anita ging ins Vinzentinerinnenkloster, in Klausur, sie verließ das Kloster nie wieder und wurde nie wieder gesehen. Sie vergrub sich im Schatten der Klostermauern, empfing keine Besuche, beantwortete keine Briefe, versuchte alles und alle zu vergessen. Den Namen, den Volturno ihr gegeben hatte, behielt sie allerdings bei, wie Esterina von der Oberin erfuhr, als sie sie zum ersten Mal besuchen wollte.
»Schwester Atina möchte Sie im Augenblick nicht sehen.«
Sie wollte im Augenblick niemanden sehen, und der Augenblick dauerte sechsundfünfzig Jahre, bis die Zeit sie ausgetrocknet hatte und sie starb, ohne je erfahren zu haben, daß es zwei Kriege gegeben hatte. Sie starb an dem Abend, an dem die Amerikaner lärmend in Borgo einzogen und von einem Dorf empfangen wurden, in dem es keine Fenster mehr gab.

In seinen Briefen erwähnte Garibaldo nichts von dem, was jetzt folgt; einige wenige Dinge konnte er seinem Sohn gerade noch erzählen, bevor er starb. Saint-Malo unter einem Dach aus Nebel, das die Rahen der Segelschiffe durchstießen; das winterliche Bleigrau des Atlantiks; der Sizilianer Carmine, der auf halbem Weg seinen Entschluß bereute und vom Heck sprang, um umzukehren; die dunkle Menge der Emigranten; der Hafen von New York, der sie mit seinen Wasserkorridoren umfing. Und diese riesige Nation, die nur aus Ausländern bestand. »Western Railways?«, fragte ihn ein Arbeitsvermittler, der noch neapoletanisch sprach und sich nicht einmal die Mühe machte, auf eine zustimmende Antwort zu warten. Und es begann eine Reise durch einen Ozean aus Gras, über den versteinerte rote Segelschiffe fuhren. Ganze Nächte in einem Zug, der Tinte verspritzte wie ein Tintenfisch, mit Männern, die schwarz vor Rauch aussahen, jedoch von Natur aus schwarz waren, blonde Vagabunden ohne Vergangenheit, schnell vorbeiziehende Holzstädten, die ans Nichts grenzten. Bis sie die mobile Baustelle erreicht hatten, wo die Eisenbahn entstand, und womit man ihr gleichzeitig folgte.

All das erzählte Garibaldo seinem Sohn, aber viele andere Dinge verschwieg er, weil ihm keine Zeit mehr blieb. Er erzählte nichts von dem langen Marsch, der Versammlung der Streikenden, vom Überfall auf die Eisenbahn, die voller Polizisten war, von Lisa mit den langen Zöpfen, mit der er drei Jahre lang zusammenlebte, ohne je in Erfahrung zu bringen, was für eine Sprache sie sprach, mit der er sich nur durch Gesten, Augenzwinkern und mit kleinen Zeichnungen verständigte. Die Abende, die – da sie bereits bei Einbruch der Dunkelheit aßen – unendlich lang waren, während dieser drei Jahre, den einzigen während seines langen Aufenthalts, in denen er Bauer war: eine Farm mit zwei Kühen und zehn Schafen und einem Holzhaus am Horizont. Lisa, die Stunden damit zubrachte, die verschiedensten Stoffleckchen zusammenzunähen, um alles mögliche daraus zu machen (Decken, Vorhänge, Lampenschirme, Taschentücher), gab ihm mit einem Augenzwinkern zu verstehen, daß auf dem Haufen alter Briefe ein neuer aus Borgo lag, und bat ihn mit den Augen, ihn ihr vorzulesen. Garibaldo faltete das Blatt auseinander und las ihr Worte vor, die sie nicht verstand. Und das Abend für Abend, immer denselben Brief, bis ein neuer kam. Eines Tages empfing ihn Lisa lachend an der Tür.

»Mir geht es gut, und dasselbe hoffe ich auch von dir.«

Garibaldo schlug das Herz bis zum Hals, und er wurde bleich.

»Du hast Italienisch gelernt!«

Aber Lisa fuhr fort:

»Pe-es, auch Esperia läßt dich herzlich grüßen und schickt dir diese Zwirneinlagen, die sie gehäkelt hat und die jemand, der Schweißfüße hat wie du, sehr gut gebrauchen kann.«

Und Garibaldo stellte fest, daß es die Schlußworte des letzten Briefes waren, den er an mehr als sechzig Abenden hatte vorlesen müssen, weil ein Brief aufgrund eines Irrtums der Post den Ozeandampfer versäumt hatte.
Wenn Garibaldo antwortete, formulierte er die Worte laut, um Lisa Gesellschaft zu leisten. Er beendete den Brief immer mit derselben Formel, die Lisa inzwischen auswendig kannte. Mit kindlicher Genugtuung bestand sie darauf, sie ihm zu diktieren, obwohl sie kein »t« aussprechen konnte:
»Lassen wir ein wenig Gras über die Sache wachsen, sie ist noch zu frisch, und vielleicht verhaften sie mich, wenn ich zurückkomme, denn wer weiß, vielleicht hat der Ochs mich erkannt, und viele Grüße auch an Esperia, und sag ihr, wenn ich zurückkomme, werde ich mit ihr sprechen.«
Bis Esterina antwortete:
»Die Sache ist alles andere als frisch, sie stinkt schon. Keiner hier erinnert sich noch, und der Ochs ist bei einem Unfall ums Leben gekommen. Vielleicht vergeht die Zeit dort in Amerika, in der Sprache, die du sprichst, langsamer. Aber hier sind neun Jahre vergangen, und das zehnte hat bereits begonnen. Esperia lebt von Krebsen, und ich bin so eingegangen, daß ich mich seit dem letzten Sommer nicht mehr gesehen habe, weil ich den Spiegel nicht mehr erreiche. Wenn ich so weitermache, liegen nur noch ein paar Zentimeter Leben vor mir, und wenn du noch länger herumtrödelst, werde ich mich zur Gänze verflüchtigt haben, bevor du zurückkehrst.«

Da verabschiedete sich Garibaldo von Lisa, nahm seine Ersparnisse und bestieg einen Zug. Vierzehn Tage später ging er zum besten Uhrmacher in ganz Boston und kaufte die beste Uhr im ganzen Laden, befestigte sie mit einer Stahlkette an seiner Westentasche und schwor sich, daß er sie für den Rest seines Lebens im Auge behalten würde. Dann setzte er sich in ein Café, stellte eine kleine Rechnung an und schrieb seiner Mutter, daß er in siebenhundertdreißig Stunden nach Hause kommen würde. Natürlich kam er gleichzeitig mit dem Brief an, der mit demselben Schiff transportiert worden war.

Aus rückwirkender Liebe

Sobald Garibaldo angekommen war, ging er zu Esperia, um für sie die Vergangenheit zu lösen. Er tat es, wie es ihm sein Naturell gebot, trotz der funkelnagelneuen Uhr: Mit dem Überschwang der Jünglingsjahre, die unterbrochen und wiedergefunden worden waren. Um zu dem Haus am Meer zu gelangen, mußte er zu Fuß über dieselbe Straße gehen, über die Quarto und Volturno jeden Sonntag gegangen waren. Es war Mai, und die Dünen waren übersät von gelb blühenden Ginsterbüschen. Die Netze, die auf den Gittern hängen geblieben waren, waren aufgrund der Nähe zur Erde ebenfalls ein Teil des Pflanzenreichs geworden; aus ihnen wuchsen rosarote, fleischfarbene Glockenblumen, die wie Nabel aussahen. Er trat ein, ohne zu klopfen, und er fand sie in einem Winkel, wo sie gemeinsam mit dem Kriegskreuz, das an einem Nagel in der Wand hing, vor sich hin rostete. Als Esperia ihn an der Schwelle stehen sah, wußte sie gleich, warum er gekommen war.

»Ich habe dich immer gern gehabt«, sagte Garibaldo und blickte zu Boden, um ihrem forschenden Blick zu entgehen.

»Ich bin zu alt für dich«, flüsterte Esperia.

»Es ist die Salzluft, die dich rosten läßt«, sagte Garibaldo.

Er vergewaltigte sie sanft zwischen den Netzen und den morschen Seilen. Die Pflanzen, die aussahen wie Nabel, drohten das Haus vom Fenster aus zu überwuchern.

»Ist das möglich?« fragte Garibaldo.

»Ich hatte nie den Mut, es mit deinem Bruder zu tun«, antwortete Esperia seufzend.

Garibaldo umarmte sie schweigend.

»Das war es also«, seufzte Esperia, als sie sich aus der Umarmung löste, und ihre Augen leuchteten, weil sie die schwierige Aufgabe endlich gelöst hatte, »ich habe alles falsch gemacht. Ich hatte Volturno gern.«

Dann hängte sie sich das Kriegskreuz um und trat resigniert auf den Weg hinaus, ohne daß er sie gerufen hätte. Sie schloß die Tür und warf das Kreuz ins Meer.

»Wir heiraten sofort«, sagte Garibaldo, als er sich auf den Weg machte.

Sie heirateten eine Woche später, in aller Eile und Stille, nur Esterinas beifälliges Gemurmel durchbrach das Schweigen; ihr war nur noch die Stimme geblieben, und sie wollte ihr Geheimnis bis zuletzt behalten, selbst angesichts des Todes. An dem Abend, als sie in Agonie fiel, rief sie ihre Kinder ans Bett, um sich zu verabschieden. Das Atmen fiel ihr schwer, ihre Stimme war schwach, aber deutlich.

»Ich möchte neben Plinio und Quarto begraben werden.«

»Volturno«, korrigierte sie Esperia. Und sie lächelte ihr komplizenhaft und tröstlich zu, als wollte sie sagen, macht Euch keine Sorgen, ich weiß bereits alles.

Garibaldo warf ihr einen fragenden Blick zu.

»Quarto ist mit den Beduinen davongelaufen«, sagte Esperia. »Es kann gar nicht anders sein. Ich habe es immer gewußt und es nie verstanden.«

Esperia dachte so intensiv an Volturno, daß sie im Februar ein Kind von ihm bekam, obwohl er schon so lange tot war. Es hatte dasselbe bleiche Gesicht, dieselben feuerroten Haare und dieselben weißen, abwesenden Augen, die voller geheimer Worte waren. Bald darauf wurde sie unfruchtbar. Sie alterte von einem Tag auf den anderen, ohne Dramen und ohne Hitzewallungen, sie schrumpfte und verschloß sich in einer schwarzen Schale. Garibaldo nannte seinen Sohn Volturno, und Esperia fand nie heraus, ob aus brüderlicher Liebe oder aus Zorn, oder aus beidem. Sie hatte jedoch auch nicht den Mut, den Namen in den Mund zu nehmen, und sprach ihren Sohn mit einem ausweichenden und ängstlichen *du* in Großbuchstaben an. Als Garibaldo starb, als sein Kopf infolge der Stockschläge der königlichen Wache aufgeplatzt war wie eine Melone, nannte Volturno sich Garibaldo, und sie hörte auf, ihn mit einem Pronomen anzusprechen.

Die hydraulische Gleichheitsmaschine

Es war ein gnadenloser Winter, das Feuer aus Schilfrohr rauchte zwar sehr, wärmte aber kaum und ging sofort wieder aus, und Holz war zu teuer. Seit einer Woche lag Borgo unter einer unerbittlichen, zähen, glänzenden Schneedecke. Der Campanile schwieg. Der Mesner mied die Glocken, weil die Seile so scharf wie Messer waren, und Don Milvio hatte aufgrund der Kälte darauf verzichtet, die Kommunion zu erteilen. Er hätte auch gern darauf verzichtet, die drei Sterbesakramente zu verabreichen, um die man ihn aus Aberglaube und widerwillig gebeten hatte, aber er konnte nicht nein sagen. Mit einer Wärmflasche unter der Kutte verbrachte er Stunden an den Fenstern des Pfarrhauses und wischte mit dem Ärmel die beschlagenen Scheiben ab, um ein Loch zum Durchschauen zu haben. Er beobachtete die wenigen Menschen, die, in schwere Wintermäntel gehüllt, vorbeigingen, und dachte an die Hydraulik und an den Heiligen Hieronymus, der wenigstens aus freiem Willen Heuschrecken gegessen hatte. Don Milvio hatte begriffen, daß die Ungläubigkeit bei den Reichen eine andere Bedeutung hat als bei den Armen: erstere sind ungläubig, weil sie es sich leisten können, zweitere aus Verzweiflung. Deshalb brachte er Stunden damit zu, eine »hydraulische Gleichheitsmaschine« zu entwerfen. Sie bestand aus einer zentralen Pumpe, die mitten in der gemeindeeigenen Kornkammer stand und alle Vorräte der *Fattoria* aufnahm. Die Pumpe verfügte über einen Verteiler, der das Korn, das durch die Öffnungen eindrang, zu anderen Pumpen weiterleitete, an denen Schläuche festgemacht waren, die durch die Fenster der Kornkammer quer durch ganz Borgo führten, wie die Beine einer riesigen Spinne. Von den Fenstern des Pfarrhauses aus konnte Don Milvio die Schläuche der Maschine, die sich auf Borgo herabsenkten, sehr gut sehen, und er hörte sogar, wie das Korn in den Metallschläuchen herumwirbelte und ein Geräusch verursachte, das klang wie Hagel auf Dachziegeln.

»Du bist heute zehn Minuten zu spät dran«, sagte Don Milvio mit gespieltem Vorwurf zum Mesner.

Beim ersten Glockenläuten kamen die Leute mit Säkken aus den Häusern, und Don Milvio lief zu den Seitenfenstern, um alle Stellen zu überblicken, an denen Korn verteilt wurde. Das Hauptrohr mündete auf die Piazza, wo sich bereits ein paar Leute anstellten, aber um die Verteilung zu beschleunigen, führten vier weitere Schläuche zu den wichtigsten Punkten des Dorfes. Don Milvio dachte bereits an eine ausgeklügelte Änderung; am zentralen Verteiler sollten Schläuche befestigt werden, die so dick wie Regentraufen waren und strahlenförmig direkt in die Fenster der Häuser führten. Gewiß, das war eine etwas zu luxuriöse Änderung, die sehr komplizierte Berechnungen erforderte: diesen Winter tat es auch noch die ursprüngliche Maschine. Und Don Milvio legte die Stirn an das mit Eis beschlagene Fenster und beobachtete die streunenden Hunde, die sich auf dem Kirchplatz herumtrieben und versuchten, die Kirchentür mit der Schnauze aufzustoßen.

An dem kurzen Nachmittag des dreiundzwanzigsten Januar jedoch, genau in dem Augenblick, in dem die Vision der Maschine vom Anblick der streunenden Hunde abgelöst wurde, sah er unten auf der Straße Garibaldo in seinem Mantel vorbeigehen, und er konnte der Versuchung nicht widerstehen: Er riß das Fenster auf, auf die Gefahr hin, sich eine Lungenentzündung zu holen, und rief ihm eine Einladung zu, die keinen Widerspruch duldete und die sofort in der Luft kondensierte:

»Garibaldo, komm einen Augenblick herauf!«

Und da Garibaldo, verdutzt und argwöhnisch, sich nicht entschließen konnte, hinaufzugehen, ließ Don Milvio alle Bedenken hinsichtlich seiner kirchlichen Würde fahren und ging selbst hinunter, in Pantoffeln und mit der Wärmflasche in der Hand, bis zum gefrorenen Schnee an der Schwelle.

»Worauf wartet ihr, warum nehmt ihr euch nicht Korn aus der gemeindeeigenen Kornkammer«, brach es aus ihm hervor, »wollt ihr an Hunger sterben wie ein Haufen Idioten?«

Und da Garibaldo, noch verdutzter, ihn mit offenem Mund anstarrte, ohne eine Antwort zu finden, zog sich Don Milvio hinter die Tür zurück, weil die Kälte größer war als seine Überzeugung, und sagte abschließend:

»Ihr seid alle Kinder Gottes, ihr seid alle gleich, also gehört das Korn euch allen.«

Garibaldo blieb ein paar Minuten unter der Regentraufe stehen, ohne die eisigen Tropfen zu spüren, die ihm in den Halsausschnitt fielen; dann stellte er den Mantelkragen auf und ging schnell über die Gasse mit den vielen Brunnen zur Kornkammer. Als er nach Hause kam, war es bereits stockfinster, er schüttelte den gefrorenen Schnee ab und verkündete Esperia, die schon in Sorge auf ihn gewartet hatte:
»Unsere einzige Chance ist, die Kornkammer der Gemeinde aufzubrechen.«
»Sie haben Wachen davor aufgestellt«, gab Esperia zu bedenken.
»Es sind vier, und die Kornkammer ist zum Bersten gefüllt. Ich habe sie heute abend gesehen. Ich bin hineingegangen und hab' ein wenig davon mitgenommen, um es im Dorf herzuzeigen. Es stammt aus der *Fattoria*, schau, wie weiß es ist.«
Er nahm eine Handvoll aus der Tasche. Er hatte überall Korn eingesteckt, und wenn er sich bewegte, rieselte es aus seiner Hose.
»Jetzt gehe ich ins Dorf und zeige es allen. Sie wollen, daß wir an Hunger sterben, aber wir nehmen uns das Korn.«
Die ganze Nacht ging er von Haus zu Haus und verteilte Getreidekörner. Er betrat die Häuser, spreizte die Beine, schüttelte die Hosenbeine und pißte Korn.
»Die Kornkammer der Gemeinde«, sagte er, »ist zum Bersten voll. Keine Rede von Hungersnot. Und wir können kein Brot kaufen, weil es sündteuer ist. Wir sind ein Haufen Idioten. Gute Nacht euch allen.«

Am Morgen hatte sich eine schweigende und blaugefrorene Menge auf der Piazza eingefunden. Sie hatten leere Säcke und Schaufeln mitgenommen, aber auch vielseitig verwendbare Mistgabeln, denn Garibaldos Getreidekörner hatten in der Nacht gegärt und Zorn hervorgebracht. Der erste, der Garibaldo folgte, war angeblich der Vater Guidones, der von den Umständen dazu gezwungen wurde, denn sein Sohn verschlang ein Kilo Brot am Tag, und wenn er es nicht bekam, spielte er verrückt und demolierte das Haus. Dann folgte ihm auch die Menge, die Menschen schrieen, *Nieder mit dem König*, traten die Türen ein, rannten die vier erschrockenen Wachen nieder und brachen in die Kornkammer ein. Sie deckten sich für den ganzen Winter ein. Garibaldo stand auf einem Bottich und überwachte die Plünderung, er achtete darauf, daß alle gleich viel bekamen; als ein Trupp berittener Wachen mit Säbeln und Stökken zur Verstärkung eintraf, gab er gerade ein paar Nachzüglern Anweisungen, und sie wurden auf frischer Tat ertappt, sie hatten nicht einmal bemerkt, daß Don Milvio, der den Trupp vom Fenster aus gesehen und sie warnen hatte wollen, beide Glocken hatte läuten lassen (zum ersten Mal seit zehn Tagen). Offiziell starb Garibaldo am 24. Januar 1899, um sieben Uhr abends, obwohl er noch Zeit genug hatte, sich mit seinem Sohn bis zum Morgen des darauffolgenden Tages zu unterhalten.

»Turati, Turati, wie sehr schadest du doch den Italienern!« seufzte Doktor Camici, der nur noch den Tod feststellen konnte. Und es war der einzige Fall, bei dem er kein Kalomel zu bestellen brauchte.

Melchiors Durst

Melchior war schlaff, aber er vertraute auf seinen Körperumfang und die Wucht des Aufpralls. Mit diesen Waffen stürzte er sich auf seine Kameraden, die er mit abgrundtiefer Melancholie haßte, weil er unglücklich war. Einmal, in einem Anfall von Verzweiflung, betrat er das Halbdunkel der Kirche. Don Milvio saß im Beichtstuhl, wo er die Nachmittage in der sinnlosen Hoffnung verbrachte, jemand könne zur Beichte kommen. Im Lauf der Zeit fühlte er sich in seiner Gewohnheit noch zusätzlich durch die Tatsache bestärkt, daß dies im Sommer der kühlste Ort im ganzen Pfarrhaus war und er hier ein optimistisches Nickerchen halten und von Reihen reuiger Sünder träumen konnte, die darauf warteten, beichten zu dürfen.

»Vater, ich möchte beichten.«

Zum ersten Mal, seitdem er in Borgo war, ging das Erwachen nicht mit einer Enttäuschung einher.

»Sprich, mein Sohn.«

Melchior wehte Don Milvios Knoblauchfahne direkt ins Gesicht, denn dieser glaubte, seine psychisch bedingten Verdauungsstörungen mit Knoblauch behandeln zu können. Dennoch fand er die Kraft, ihm seine Seelenqualen anzuvertrauen. Er wollte seinen Nächsten lieben, konnte ihn aber nur hassen.

»Betest du?«, fragte Don Milvio.

»Viel«, antwortete Melchior. »Ich bete zur Mutter Maria und zum Schutzengel.«
»Verehrst du die Heiligen?«, fragte Don Milvio.
»Ja«, antwortete Melchior. »Ich bete zum Heiligen Dominikus und zum Heiligen Luigi Gonzaga.«
»Das sind aber zwei sehr ausgesuchte Heilige«, sagte Don Milvio, dessen Leidenschaft dem Heiligen Hieronymus gehörte, der sich von Heuschrecken ernährt hatte. »Warum suchst du nicht beim Heiligen Hieronymus Zuflucht?«
»Das werde ich tun«, sagte Melchior.
Es entstand eine Pause, in der der Knoblauch schwer in der Luft hing. Don Milvio wollte sich schon wieder dem Schlaf anheimgeben, als Melchior absichtsvoll hüstelte.
»Du bist noch immer da?«, fragte Don Milvio. »Ich habe dir doch schon die Absolution erteilt.«
»Ich muß noch meine größte Sünde beichten«, sagte Melchior.
»Und die wäre?«, fragte Don Milvio gähnend.
Melchior zögerte und kratzte sich am Knie, das ihm vom langen Knien auf dem Schemel schon weh tat.
»Ich getraue mich nicht«, flüsterte er.
»Du mußt dich überwinden«, spornte ihn Don Milvio an, dem die Beichte schon viel zu lange dauerte, noch dazu, wo er schon so lange keine mehr abgenommen hatte.
»Wenn ich mich überwinden könnte«, sagte Melchior, »bräuchte ich nicht zu beichten, denn dann gäbe es keine Sünde.«
Don Milvio war zwar schläfrig und hatte mit den

Problemen büßender Seelen schon lange nichts mehr zu tun gehabt, aber er besaß einen wachen Verstand und begriff sofort.

»Du bist ein Feigling«, sagte er. »Darin besteht deine Sünde.«

»Ja«, gestand Melchior.

Mit einer Geschwindigkeit, die ihn selbst überraschte, rief sich Don Milvio die Lehren aus dem Priesterseminar in Erinnerung.

»Um die Feigheit zu besiegen«, dozierte er, »muß man demütig sein. Und um demütig zu sein, muß man Buße tun.«

»Tu ich ja«, sagte Melchior.

»Und worin besteht sie?«

»Ich habe immer so großen Durst und versuche, nicht zu trinken«, sagte Melchior gequält.

»Damit kannst du deinem Körper schaden«, antwortete Don Milvio. »Du mußt dir etwas anderes einfallen lassen. Denk daran, die größte Demut besteht darin, uns selbst und anderen gegenüber aufrichtig zu sein.«

»Ich habe zu meinem Großvater gesagt, daß ich ins Seminar gehen will«, sagte Melchior, »aber er hat mich dafür bestraft. Er möchte, daß ich Landwirtschaftsingenieur werde.«

»Wie hat er dich bestraft?«

»Er hat mir das Trinken verboten«, sagte Melchior mit trockenem Mund.

Don Milvio, der sich bislang nicht die Mühe gemacht hatte, das Halbdunkel zu durchdringen, um sein Beichtkind zu erkennen, näherte sich dem Gitter.

Melchior hielt stoisch der Knoblauchfahne stand.
»Was soll ich tun?«, fragte er flehend.
»Du mußt den Durst so lange ertragen, bis dein Großvater es sich anders überlegt«, sagte Don Milvio. »Dann hast du gesiegt.«
Melchior ballte die Fäuste.
»Das werde ich tun«, sagte er entschlossen.
Als er nach Hause kam, saß sein Großvater im Wohnzimmer bei der Abrechnung. Wenn er die Abrechnung machte, war er noch reizbarer als gewöhnlich, weil er feststellen mußte, daß diese Hungerleider für das Schilfrohr doppelt soviel verlangt hatten als beim vorletzten Mal.
»Wo warst du?«, fragte er ihn, ohne den Blick von den Büchern zu heben.
Melchior gab keine Antwort, er spürte einen plötzlichen brennenden Durst, der ihm die Kehle austrocknete.
»Ich habe dich gefragt, wo du warst«, wiederholte die schneidende Stimme.
Die Trockenheit im Mund wurde unerträglich.
»Ich bin auf den Feldern spazierengegangen«, antwortete Melchior.
Er lief in die Küche und setzte den Krug an den Mund. Und er trank in großen Schlucken, wie ein Besessener, während ihm die Tränen über die Wangen liefen, als würde ihm das Wasser, das er zu sich nahm, einen Streich spielen wollen und wieder aus ihm herauslaufen.

Trotz der großen Fahne, die vom Balkon des Rathauses wehte, herrschte ein allgemeines Desinteresse, und so beschlossen die Behörden, Feiern anläßlich der Geburt des Thronfolgers anzusetzen und Borgo mit Plakaten zuzukleistern, auf denen die näheren Umstände erläutert wurden. Im Dorf gab es keine Druckerei, und um keine Zeit zu verlieren, wurde der Text des Plakats der mit einer Auszeichnung versehenen Druckerei der nächstliegenden Stadt telegraphisch übermittelt. Aber vielleicht war der Telegraphist unaufmerksam gewesen oder der Drucker nachlässig, denn als die Pakete mit den fünfhundert Plakaten in der Dämmerung am Verkehrsknotenpunkt der Eisenbahn eintrafen, mußte man feststellen, daß es einen bedeutenden Druckfehler gab, der nicht mehr auszumerzen war, denn es wurde bereits dunkel. Nachdem im Rathaus eine Viertelstunde lang Panik geherrscht hatte, einigte man sich auf die einzige mögliche Lösung.

»Hängen wir sie so auf, wie sie sind, der Wille geht vors Werk.«

Noch vor Jahresende kamen in Borgo vier Kinder zur Welt, und alle hießen Imberto, mit einem I statt einem U, denn das war ein ganz neuer Name.

»Die Kutsche fuhr vorbei, die Menschenmenge wogte und teilte sich, und wir verloren Vater Coretti aus den Augen. Aber nur einen Augenblick lang. Wir fanden ihn sofort wieder; keuchend und mit feuchten Augen rief er sein Söhnchen beim Namen und hielt die Hand in die Höhe. Sein Söhnchen lief auf ihn zu, und er schrie: Da, Kleiner, meine Hand ist noch warm! Und er strich ihm mit der Hand übers Gesicht und sagte: Jetzt hat dich der König gestreichelt!«

Der Lehrer klappte das Buch zu und schneuzte sich vor Kälte und vor Rührung. Er ließ den Blick auf seinen Schülern ruhen, um jemanden zu finden, der gewillt war, den Text nachzusprechen, aber er sah nur gesenkte Häupter. Dann begegnete er dem Blick Garibaldos, dessen Augen auf ihn gerichtet waren wie zwei Leuchtfeuer.

»Wiederhole, Garibaldo«, sagte der Lehrer.

Aber Garibaldo gab keine Antwort. Er nestelte an seiner Schultasche herum.

»Wirst du wohl«, wiederholte der Lehrer hartnäckig.

Garibaldo stand ganz langsam auf, mit der Schultasche unter dem Arm, und ging zur Tür.

»Ich komme nicht wieder«, sagte er leise. »Entschuldigung, und auf Wiedersehen.«

Und er ging.

Er ging auch tatsächlich nie wieder in die Schule. Der Lehrer versuchte ein paar Vormittage lang seine Mutter zu überreden, etwas dagegen zu unterneh-

men, aber Esperia breitete nur die Arme aus, als wollte sie sagen, tja, was soll man da tun?
Garibaldo ging lieber mit Gavure in den Feldern spazieren. Der wollte nicht mehr in die Schule gehen, weil er sich beim Appell versprochen hatte und statt Gastone Vuretti »Ga… Vure…« gesagt hatte.
Gavure hatte einen großen Buckel, weil er das Fieber gehabt hatte. Diesen Winter blieben die Fenster im Dorf eine Woche lang blind, weil das Fieber grassierte. Die Frauen trafen sich am Brunnen und tauschten Neuigkeiten aus. Wenn jemand das Fieber bekam, war es besser, wenn Gott ihn zu sich nahm. Gavure jedoch hatte es überlebt.

Pfefferminzlimonade in den Bagni Margherita

Melchior kam nach Borgo, um hier die Septembertage zu verbringen. Weiß gekleidet saß er an einem Tischchen im Café und ließ sich mit ›Herr Ingenieur‹ ansprechen. Er studierte Landwirtschaft in einer Stadt, die man nur mit dem Zug erreichte, und er grüßte niemanden als erster. Bei seinem Studium machte er allerdings keine Fortschritte, denn er haßte Landwirtschaftskunde. Von allen Gegenständen konnte er sich nur für einen begeistern, der von den intelligenteren Studenten links liegen gelassen und beinahe verachtet wurde, für die Botanik, der er sich mit verzweifelter Hingabe widmete. Vor allem faszinierten ihn Moose und Flechten, da er sich ihnen wahlverwandt fühlte und sie zärtlich um ihre Le-

bensweise beneidete. Er hatte sie zu sammeln begonnen und bewahrte sie, streng geordnet, in dem Zimmer auf, in dem sein Vater über die Heilige Ursula nachgedacht hatte. Er hatte die Wände mit selbstgebauten Vitrinen vollgehängt: lauter kleine Reliquienschreine, die am Abend irgendwie obszön und fetischistisch wirkten, denn manche der Moose und Flechten, die er bei einem Internatsausflug in die Dolomiten gesammelt hatte, sahen aus wie dunkle dichte Haarbüschel oder wie schamlose rosarote Lippen. Die Erinnerung an diesen Ausflug war beklemmend: Während der Wanderung im Gebirge hatte ihn schrecklicher Durst gequält, und genau in dem Augenblick, in dem er die Schutzhütte erblickte, war er in eine durch Schwindel angekündigte Ohnmacht gefallen. Danach erinnerte er sich an nichts mehr, denn als er aufwachte, befand er sich schon wieder im Flachland, nachdem er einen Tag und eine Nacht in einem traumlosen Schlaf gelegen hatte.
Die Sommer verbrachte er in einem Zustand träger Einsamkeit in den *Bagni Margherita* eines bekannten Badeortes. Von dort schickte er seinem Großvater zwei Ansichtskarten, mit ergebensten Grüßen von deinem Enkel Melchior, eine zu Peter und Paul, die andere zu Maria Himmelfahrt. Bei seiner Rückkehr war er genauso bleich wie bei seiner Abreise, und sein Großvater fragte ihn, ob er den ganzen Sommer in der Pension verbracht hätte, angesichts der ungesunden Hautfarbe seines Enkels fühlte er sich um das Geld betrogen, das er für die Sommerfrische ausgegeben hatte. In Wirklichkeit haßte Melchior den

Strand, an den er sich jeden Morgen im Schutz seines Strohhuts begab, um dort müßige Stunden zu verbringen, aufs Meer hinauszustarren und den Sand mit seinem Spazierstock zu traktieren. Am Abend saß er an einem Tischchen in der Bar der *Bagni Margherita*, und bei den schrillen Tönen des Finales warf ihm Yvonne schmachtende Blicke zu. Melchior bestellte fünf eiskalte Pfefferminzlimonaden und ertränkte seine Melancholie mit gewaltigen Schlucken, die ihm den Atem raubten. Völlig erschöpft und mit Selbstmordgedanken kehrte er in die Pension zurück.

»Herr Ingenieur«, sagte die Hotelbesitzerin zu ihm, »es tut Ihnen nicht gut, immer so allein zu sein. Hier sind so viele Mädchen, die sich über Ihre Gesellschaft freuen würden ...«

Aber Melchior ging mit einem Schaber und einem kleinen Säckchen in den Pinienwald, um Moose zu suchen.

Ein Buch voll brennender Päpste

Sie malten sich aus, wie es wäre, wenn sie mit Apostolo Zeno davonliefen, der jedes Jahr im Herbst nach Borgo kam: mit einem Karren, schwankend wie eine Waage und mit einem verblichenen grünen Wachstuch bedeckt. Apostolo Zeno verkaufte Wäsche, Schüsseln und Fortsetzungsromane, er flickte Zinnpfannen und besserte Tonkrüge aus. Aber vor allem war er Puppenspieler. Er stellte sich auf der

Piazza auf, mit dem Maultier, das nur deshalb nicht zusammenbrach, weil es am Denkmal festgebunden war, und klappte die Seitenwand des Karrens herunter, um seine Waren feilzubieten: nach dem Verkauf kamen die Töpfe und die Krüge dran. Wenn er nicht zuviel hatte arbeiten müssen, gab er eine Vorstellung, aber nur, wenn er nicht zu müde war, denn er spielte zum Spaß Theater, nicht wegen des Geldes. Er klappte die Seitenwand wieder hoch, hob das Wachstuch, und fertig war die Bühne. Das Bühnenbild war Jahr für Jahr dasselbe: ein Balkon mit scharlachroten Blumen über einem düsteren, unheimlichen Garten. Es diente für die Dramen Felice Cavallottis genauso wie für die Farcen Chiorbaduras.

Apostolo Zeno stammte aus Carrara und war Nihilist, genauso karg und kantig wie die Apuaner Alpen, deren zerklüftetes Profil auch seine Hände bereits angenommen hatten, denn er hatte ein Leben lang als Marmorsteinbrecher gearbeitet, bis er aus einer Höhe von vierzig Metern in die Tiefe gestürzt war, von Marmorblock zu Marmorblock. Er hatte sich dabei nur die Hüften gebrochen, weshalb er auch heute noch hinkte. Apostolo Zeno war sein richtiger Name, er hätte keinen Spitznamen geduldet. Von ihm kauften sie ein Buch mit vielen Illustrationen, auf denen es nur so wimmelte von Ungeheuern und brennenden Päpsten, und Gavure brauchte es nur zu lesen, um es auswendig zu können. Ein gewisser G. Anselmi hatte die einzelnen Folgen erzählt, obwohl der Autor eigentlich Alighieri hieß. Die vielen Torturen bewogen Gavure dazu, Garibaldo anzuvertrauen,

daß er auf dem Boden schlief, mit einem Mörser auf dem Rücken, um seinen Buckel loszuwerden.
Der Sommer war diesmal so lang, daß sie im September bereits erwachsen waren. Im Mai noch waren sie über die Straße gegangen, die zum Strand führte, und hatten Insekten und Schmetterlinge gesammelt, um sie zu sezieren und ihnen ein Begräbnis zu bereiten. Im September klettertern sie bereits auf die Dünen und beobachteten zwischen den Büschen die Frauen, die sich nach dem Baden umzogen. Oft begleitete sie auch Guidone, der zwar jünger war, aber dessen Geschlecht um vier Zentimeter länger war als das ihre. Gavure war klein, jedoch schon behaart wie ein Mann. Er klagte über seinen Buckel, der trotz des Mörsers keine Anstalten machte, kleiner zu werden. Ganz im Gegenteil.

In Libyen gibt es zuwenig Wasser

Um ihn zu trösten, hatte sein Großvater ein Willkommensfest für ihn veranstaltet. Als er aus der Kutsche stieg, hatten sich alle Bediensteten der *Fattoria* in Reih und Glied auf dem Vorplatz aufgestellt und ihn mit einem Applaus empfangen.
»Es lebe der Herr Ingenieur!«
Er blieb während des ganzen Festes, lächelte wie auf einem Foto, schüttelte Hände und ließ die Glückwünsche über sich ergehen. Dann floh er auf sein Zimmer. Er hatte so sehr von Botanik und Libyen geträumt, und nun kam er als Ingenieur nach Hause

und galt als untauglich. Als Ingenieur, weil sie ihm das Diplom nicht ewig vorenthalten konnten, wie sein Großvater sagte; und untauglich, weil es in Libyen zuwenig Wasser gab, um einen Durst wie den seinen zu stillen.

Jesus im Glas

Es war ein Zeichen, eine Warnung, die unter Beweis stellte, daß Borgo kein gottverlassenes Dorf war, wo die Menschen in Sünde starben. Jesus kam zu ihnen, als keiner damit rechnete, und er wandte sich an einen der größten Sünder (wie dieser selbst mit anspielungsreichem Zwinkern zu erklären versuchte): zu Quirino, der Schirme flickte und Wachsmäntel herstellte, einem geübten und phantasievollen Lästermaul, Stammgast in der Weinschenke.
Quirino spielte gerade Karten, draußen regnete und blitzte es. In der Linken hielt Quirino das Rotweinglas, in der Rechten den Pikbuben, mit dem er inzwischen nichts mehr anfangen konnte, weil sein Gegenspieler den Trumpf hatte. Quirino legte den Buben, und ihm entfuhr ein funkelnagelneuer Fluch, der ihm gerade eingefallen war:
»Verdammt sei Jesus im Glas!«
Draußen blitzte es, ein Windstoß löschte die Lampe, und was dann passierte, beschworen fünf Männer, gesehen zu haben. In der Dunkelheit ging ein Licht an, und das Licht kam von einer leuchtenden Figur in Quirinos Glas: einem winzigen, halbnackten Mann

mit einer Dornenkrone auf dem Kopf und einem Kreuz auf dem Rücken. Als sie das Licht wieder anmachten, war das Glas wie zuvor, aber Quirino hatte die Sprache verloren.
Am Tag darauf erfuhren sie, daß der Krieg ausgebrochen war. In diesem Jahr verschwand Quirino in die Maremmen, wo er sich als Hirte durchschlug und nicht sprechen brauchte.

Ursprung der Schönheit

»Das hat der gesagt«, sagte Garibaldo, »Der Krieg, Ursprung der Schönheit.«
Sie gingen ans Meer und streckten sich auf dem Sand aus, der im September noch schön warm war. Gavure hatte sich mit seinem Buckel abgefunden, er beschäftigte sich nun mit Politik und hatte ihn darüber vergessen.
»Der Krieg doch nicht«, sagte er. »Der Krieg macht die Armen noch ärmer und die Reichen noch reicher.«
Eine Möwe flog ganz nahe an ihnen vorbei. Frauen in der Ferne, nur noch begehrenswerter.
»Die Schönheit ist etwas ganz anderes«, flüsterte Gavure. »Schönheit ist, frei zu sein.«

Er hatte Asmara am Fluß kennengelernt, und am Anfang war es eine Mischung aus Spiel und Kräftemessen gewesen, denn sie weigerte sich, das Wasser zu verlassen.

»Los, du Trottel, dreh dich um.«

»Ich warte, bis es Abend wird«, lachte Garibaldo, der auf ihren Kleidern saß.

Asmara war bis zum Abend im Wasser geblieben und hatte sich eine Bronchitis geholt, aber sie hatte sich in den spindeldürren Jungen mit den dunkelroten Haaren verliebt, der sich wie ein begossener Pudel davonmachte, Entschuldigungen murmelnd. Asmara hatte ein hochmütiges Lächeln und eine spitze Nase, die von Eigenwilligkeit zeugte. Sie hätte gerne in der Ebene Pferde gehütet, statt dessen hatte man sie an einen Webstuhl gesetzt. Deshalb empfand sie die Männer als Rivalen.

»Sie glauben, sie seien etwas Besseres, weil sie an die Mauer pissen«, sagte sie.

Von einem Wildpferd hatte sie die Schreckhaftigkeit und die feuchten Nüstern, die sich blähten, wenn sie Witterung aufnahm und zornig wurde. Sie trafen sich am Abend, am Gittertor des Hauses, in dem sie mit ihrer Tante lebte. Dort stand ein Rosenbusch, Garibaldo pflückte ihr jeden Abend eine, und um ihn zu ärgern, zupfte sie die Blätter ab. Sie gaben sich lange Küsse, voller Verlangen und Scheu. Asmara schmiedete Pläne, und nachts bestickte sie Laken. An dem Abend, an dem Garibaldo ihr wie üblich eine Rose reichte und ihre Träume zunichte machte, sagte Asmara:

»Wir kennen uns kaum, und schon fährst du weg.«

Sie gaben sich einen stürmischen Kuß. Als er schon beim Weggehen war, rief ihn Asmara noch einmal zurück.

»Wenn du glaubst, daß ich dich vergesse«, schrie sie, »irrst du dich. Ich warte auf dich, die Österreicher sind mir ganz egal!«

Und sie warf zornig das Tor zu.

Sie fuhren vom Verkehrsknotenpunkt ab, der angesichts der Umstände zum Bahnhof umfunktioniert worden war, aber noch keinen Namen hatte. Asmara ließ sich nicht blicken, aber auf einem Stapel Eisenbahnschwellen entdeckte Garibaldo einen Strauß Rosen, und ihm wurde klar, daß sie in der Nacht dagewesen war. *Addio, mia bella, addio,* versuchte jemand vom Zugfenster aus zu singen. Gavure, der gerade noch rechtzeitig gekommen war, um sich von ihm zu verabschieden, schwenkte das Taschentuch und trocknete sich gleichzeitig damit die Tränen, während der Zug hinter der Böschung verschwand.

Im Dorf blieben nur die Alten.

Von Front zu Front

»Meine liebe Asmara, wir krepieren hier wie die Ratten, und die Schützengräben sehen aus wie Kloaken. Was soll mir Italien bei dieser Eiseskälte schon bedeuten? Ich habe meine Kameraden gefragt, was ihnen Italien bedeutet, und sie denken alle wie ich. Der Hauptmann verdächtigt mich der Wehrzersetzung. Ich habe ihm erwidert: Ursprung der Schönheit.«

»Du beklagst dich, aber auch hier ist das Leben kein Honiglecken. Du müßtest sehen, wie es geschneit hat, alles eine einzige Eisplatte, die Felder sind versengt, das wird ein Problem geben. Ich besuche jetzt deine Mutter, die sich im Haus verkriecht und die Wände anstarrt.«

Pech in den Füßen

Eines Tages tauchten auf der Straße, die zum Meer führte, ein überaus hoher Zylinder und ein mit Gleichmut getragener Frack auf. Der Mann schob einen roten Karren und wurde von einem Hund begleitet, unter dessen Vorfahren sich ein Pudel befunden haben mußte. Am Karren war ein Schild angebracht.

Dr. Speranza
(Auskünfte und Weissagungen)
* * *
DER WUNDERSAME SPIEGEL

Er stellte sich auf der Piazza auf. Den ganzen Nachmittag lang dröhnte *Aida* aus einem Grammophon. Am Abend hatten alle Familien, die einen Verwandten an der Front hatten, einen Spiegel gekauft und versuchten, Nachrichten von ihm zu empfangen. Es gelang fast allen, mit Ausnahme der wenigen, die den metapsychischen Eigenschaften des Spiegels mißtrauten und ihn nur deshalb gekauft hatten, weil sie den anderen nicht nachstehen und das Schicksal nicht herausfordern wollten. Wie Doktor Speranza erklärt hatte, funktionierte das Gerät aufgrund telepathischer Eigenschaften. Den Soldaten an der Front hatte er denselben Spiegel verkauft, den er nun den Herrschaften zeigte: Vom Rest konnten sie sich mit eigenen Augen überzeugen. Wissenschaftlich ließen sich psychotelepathische Phänomene nicht erklären. Und er zeigte auf seinem Spiegel einen blonden Hauptmann mit einem Schnurrbart wie aus Gummi, mit dem er psychotelepathisch in Verbindung stand: Er zwinkerte und winkte ihnen grüßend mit der Hand.

Der Schein des Feuers nach dem Abendessen und das spärliche Licht der Talgkerze begünstigten die Kontaktaufnahme. Viele Gesichter, die das Dorf vor zwei Jahren verlassen hatten, kehrten somit in die Häuser zurück; die einen waren müde und hager und versuchten nicht einmal zu lächeln; die anderen hatten noch immer die Fröhlichkeit des Jünglingsalters, die ihnen der Krieg nicht hatte nehmen können. Manche öffneten den Mund und hielten lange Reden, aber man hörte nichts von dem, was sie sagten, denn, wie Doktor Speranza erklärt hatte, verfügte die Stimme leider nicht über telepathische Eigenschaften.

Mit Hilfe des Spiegels erhielt Esperia Nachrichten von ihrem Garibaldo. Es war stockdunkle Nacht, ein paar vereinzelte bengalische Feuer brannten und beleuchteten die Schneeflocken, die vom Himmel fielen wie in den Glaskugeln mit den Wallfahrtsorten. Garibaldo kauerte am Boden, gegen einen Stacheldrahtzaun gelehnt, und schien zu schlafen. Sein Bild im Spiegel wurde größer, und Esperia konnte sein Gesicht sehen. Seine Augen waren offen, und er bewegte die Lippen.

»Er wimmert«, dachte Esperia, »er wimmert.«

Ein paar Minuten lang beobachtete sie ihn ängstlich, dann holte sie Zelmira, die Zerrungen und Verstauchungen mit Werg und geschlagenem Eiweiß behandelte und sich bei allen Krankheiten auskannte. Wenn nötig, besprach sie sie. Auch in Borgo war die Nacht eiskalt, und der Wind trieb den Schneeregen vor sich her. Zelmira kam, in einen Schal gewickelt.

»Meiner Meinung hatte er einen Schwindelanfall«, stellte sie fest.

»Ich glaube eher, er hat eine Verletzung an den Beinen«, seufzte Esperia.

Auf ihren Wunsch hin machte der Spiegel einen Schwenk über Garibaldos Beine. Die Hose war unbeschädigt, keine Blutflecken zu sehen.

»Ich sage dir, er hatte einen Schwächeanfall«, beharrte Zelmira.

Fünf Tage später erhielt Esperia ein Telegramm. Darin hieß es, Garibaldo sei wegen Erfrierungen ins Lazarett eingeliefert worden.

»Wahrscheinlich sind es die Füße«, vertraute Esperia Zelmira an. »Unsere Familie hatte schon immer Pech an den Füßen.«

Bis jetzt war zwar noch niemand zur Beichte gekommen, aber seitdem die Kornkammer aufgebrochen worden war, besuchten sie am Sonntag die Messe, vielleicht hatte es sich herumgesprochen, und sie wollten sich auf diese Weise bedanken. Sie kamen schweigend, standen in Grüppchen hinten in der Kirche beisammen, beteten nicht mit; aber sie sahen ihn ruhig an, eher solidarisch als fromm. Probleme machten sie keine, abgesehen von Zelmira, die sich mit dem Alter von der Wunderheilerin zur Betschwester verwandelt hatte und überall Wunder sah. Es war ein Problem, sie ihr auszureden.

Don Milvio las Absätze aus *Christlicher Sozialismus* von Padre Curci vor, die er als Evangelium ausgab. Ihm gefielen die Überlegungen zum Dogma, das nicht unveränderlich sein dürfe, sondern sich der Zeit anpassen müsse.

»Der Tag wird kommen«, sagte er, »an dem es keine Dogmen mehr geben wird, weil man sie nicht mehr braucht.«

Don Milvio haßte Dogmen, er betrachtete sie als einen Verstoß gegen die Barmherzigkeit. Er liebte die Religion genauso wie die Hydraulik, es gefiel ihm, wenn er alle Mechanismen genau durchschaute.

»Es hat geklopft«, sagte Asmara zu sich selbst, denn, wenn es ums Hören ging, war die Tante nicht zuständig.
Es klopfte zweimal, zaghaft und unsicher.
»Es hat geklopft.«
Sie nahm die Schürze ab, steckte die Nadel ins Sticktuch und öffnete die Tür.
Die finstere Nacht drang herein, und im Hintergrund leuchtete Melchiors weißer Anzug.
»Ich wollte meine Aufwartung machen«, sagte er mit auf- und abhüpfendem Kehlkopf.
»Wie elegant«, sagte Asmara.
Melchior blieb zögernd an der Schwelle stehen und drehte den Hut zwischen den dicklichen Fingern.
»Komm rein.«
Asmara sprach ihn aus alter Gewohnheit mit ›du‹ an, denn den Umgang mit anderen Pronomen war sie nicht gewohnt. Wenn sie es mit dem ›Sie‹ versuchte, irrte sie sich gleich bei der Endung des Verbs. Melchior setzte sich an den Rand eines Stuhls, mit zusammengepreßten Knien, und Asmara begann wieder zu sticken; dabei beobachtete sie ihn verstohlen.
Melchior hüstelte und hüstelte.
»Ich dachte, vielleicht möchten Sie kommenden Sonntag einen Spaziergang mit mir machen.«
»Einen Spaziergang mit dir machen«, sagte Asmara.
»Ich meinte, auf der Piazza«, sagte Melchior entschuldigend. »Das Theater wird neu aufgebaut, alle gehen hin und schauen, wir könnten ein Eis essen.«

Melchior sprach leise, mit speicheltriefender Stimme. Er hatte ein hübsches, bartloses Gesicht mit bleichen Lippen und schläfrigen Augen, die nach innen zu blicken schienen. Die Tante sagte, er sei ein braver Junge, vielleicht weil er Ingenieur war und beim Tod seines Großvaters Gutsbesitzer werden würde, womöglich sogar mehr. Er war dicklich und ruhig, und wenn er von wichtigen Dingen sprach, zitterte seine Stimme, und er besaß als einziger im Dorf ein Grammophon. Er und Asmara kannten sich, seit sie Kinder waren, und aus Schwäche hatte er ihr nie gestanden, daß er eine Schwäche für sie hatte. Aber Asmara spürte es, und deshalb ging sie ihm aus dem Weg, sie wollte nicht, daß er sich Hoffnungen machte und sie ihn enttäuschen mußte. Beim Fest des Schutzheiligen hatte sie jedoch mit ihm getanzt, denn mit achtzehn Jahren bringt man es nicht übers Herz, einen Tanz auszuschlagen.

Die Piazza war mit rotgrünen Papiergirlanden und leuchtenden Lampions geschmückt. In seinen weichen Armen, die nicht die Kraft hatten, sie herumzuwirbeln, kam Asmara sich vor, als würde sie von einem gestrandeten Tintenfisch umarmt. Sie hatte zwei Nächte von ihm geträumt und war schweißgebadet aufgewacht.

»Darf ich hoffen, Sie wiederzusehen?«, hatte sie der Tintenfisch gefragt.

Und Asmara hatte geantwortet, er dürfe ruhig hoffen, denn die Hoffnung sei gratis.

Melchior schwieg mit gesenktem Kinn, als wäre er angesichts der Gleichgültigkeit seiner Gastgeberin eingeschlafen. Nur die Fingerspitzen, die das Hutband glattstrichen, verrieten, daß er wach war. Dann scharrte er mit den Füßen, um ein Geräusch zu verursachen.

»Darf ich auf kommenden Sonntag hoffen?«, flüsterte er.

Asmara ließ die Nadel ruhen und biß den Faden mit den Zähnen ab.

»Melchior«, sagte sie und stand auf, »klare Verhältnisse, gute Freunde. Ich kann auch jeden Sonntag mit dir spazierengehen, aber nur aus Freundschaft.« Und sie sah zu, wie er den Garten durchquerte und in der Nacht verschwand, wie ein weißer Mondfleck.

Eine Kamelie im Haar

Natürlich wußten sie alle, was ein Flugzeug war, obwohl sie noch nie eines gesehen hatten, aber als sie an diesem Abend, es war schon spät, ein Brummen am Himmel hörten, kamen alle aus ihren Häusern. Aber es war kein Flugzeug, es sah vielmehr aus wie eine merkwürdige Regenwolke, und dann erkannte irgend jemand die Umrisse des feuerspeienden Drachens, der auf dem Gemälde im Pfarrhaus vom Heiligen Michael getötet wurde. Aber schon bald veränderte es wieder seine Form, und es entpuppte sich als Luftschiff: ein länglicher, heller Ballon, und an den Schaufeln des Propellers krallten sich Schwärme von Krähen fest. Die Leute strömten auf die Straße hinaus, um besser sehen zu können. Das Luftschiff glitt auf halber Höhe über die Piazza und machte den Anker an dem Denkmal fest. Eine Strickleiter wurde ausgeworfen, die das Mondlicht mit einem Strahl wie ein Scheinwerfer beleuchtete. Dann, im allgemeinen Schweigen, entstieg ein zinnoberroter Rüschenrock der Gondel, und eine aufreizende Frau kletterte die Strickleiter herunter; ihr Gesicht war erdfarben, und in den Unheil verheißenden Haaren trug sie eine Kamelie. Die sieben Spitzenunterröcke rauschten bei jedem Schritt. Als sie den Boden berührte, sagte sie »Hoppla« und machte eine Verbeugung, dabei hielt sie sich den Arm schützend vors Gesicht, als wolle sie den Applaus eines unsichtbaren Orchesters abwehren. Da bemerkten die Leute, daß die Knochen ihrer Hände freilagen und das Zinnoberrot des Rockes auf den Boden tropfte und eine dunkle Pfütze bildete.

Gavure beschrieb Garibaldo die Halluzination, die er gehabt hatte, als die Spanische Grippe im Dorf Einzug hielt. Die Fenster wurden mit gelben Tüchern verhängt. Der Sommer wurde zähflüssig wie Sirup: Er kroch unter den Fensterläden durch, drang aus den Ritzen der Türen und verseuchte das Dorf. Die Luft war wie Vogelleim.

»Erst wenn man Blut kackt, ist man von der Spanischen Grippe genesen«, sagte Doktor Camici immer wieder und stellte Kalomelfläschchen auf die Nachttischchen.

Für Garibaldo ging der Krieg drei Monate früher zu Ende, und er hatte drei Zehen seines rechten Fußes eingebüßt. Hinkend stieg er aus der Kutsche und zeigte den Freunden das Foto einer Rotkreuzschwester aus Genua, die einfältige Augen hatte und einen Matrosenkragen trug.

Gavure hatte seinen Buckel so weit vergessen, daß man ihn fast nicht mehr bemerkte. In drei Jahren hatte er Dutzende Bücher auswendig gelernt, sogar ausländische, und er verkaufte sie Don Milvio, in der Hoffnung, ihn zum Marxismus zu bekehren. Aber Don Milvio setzte dem Radikalismus die christliche Barmherzigkeit entgegen. Ganze Nachmittage lang führten sie freundschaftliche Streitgespräche, und wenn sie auseinandergingen, waren sie wütend aufeinander und gelobten, sich nicht mehr zu grüßen.

Als Garibaldo kam, erwartete ihn Asmara am Tor, in einem geblümten Kleid, das sie sich für den Fall genäht hatte, daß er im Winter käme, und das sie schließlich zu jeder Jahreszeit trug.

»Ich habe einen Koffer voller Laken«, sagte sie und warf ihm die Arme um den Hals.

Garibaldo wußte nicht, wie er ihr die Sache mit dem Fuß beibringen sollte, aber sie kam ihm zuvor.

»Mit sieben Zehen geht man genausogut wie mit zehn, du bist sogar noch interessanter.« Sie küßten sich noch zwei Jahre lang am Tor, das Verlangen drohte sie mitzureißen. Garibaldo versuchte sie nach hinten zu ziehen, ins Röhricht am Rande des Grabens.

»Du bist ein Idiot«, antwortete Asmara. »Nur auf meinen Laken. Auf meinen schönen bestickten Laken.«

Los Hermanos Montero

Noch niemals hatte man im Dorf einen solchen Zirkus gesehen. Das Zelt, das auf der Piazza aufgestellt wurde, war so groß, daß einige Häuser darunter verschwanden, zwischen den Sitzreihen und Gerüsten, und die Bewohner konnten Abend für Abend der Vorführung beiwohnen, indem sie sich einfach aus dem Fenster beugten.

Los Hermanos Montero kletterten zum höchsten Trapez empor, bis sie von unten aussahen wie zwei Fliegen. Da begannen die Trommeln zu wirbeln, denn Montero Primo wollte sich aus Verzweiflung hinunterstürzen, und Montero Secondo wollte ihn wild gestikulierend davon abbringen. Das Orchester verstummte, und Montero Primo stürzte sich mit ausgebreiteten Armen in die Tiefe, wie ein Adler, aber als ihn nur mehr wenige Zentimeter von den Sägespänen am Boden trennten, blieb er mit dem Kopf nach oben in der Luft hängen, während der silberne Seidenfaden schnalzte, der sich zwischen seinen und den Zähnen seines Bruder spannte, wie der Speichelfaden einer Spinne. Das Publikum machte:

»Aaaaah!«

Und Montero Primo kletterte wieder an seiner Spinnwebe hinauf, er verschluckte sie Zentimeter um Zentimeter, bis ihn die Arme seines Bruders umfingen.

Auch die Bronzebüste des Königs, die zwischen den Seilen hing, war schweißnaß vor Aufregung.
Garibaldo und Guidone faßten sich ein Herz und sprachen mit dem schnauzbärtigen Monsieur Oignon, der aussah wie ein als Zirkusdirektor verkleideter Kaiser Franz Joseph und der im Sitzen riesengroß wirkte und im Stehen ganz klein war.

Aus dem Stegreif

Aufgrund des Krieges war man beim Bau des Theaters nicht über die Grundfesten und die Fassade hinausgekommen: ein neoklassischer Giebel, und dahinter ein grasbewachsenes Viereck. Darin wuchs, vielleicht weil die Grundfesten es vor Hunden und dem Wind schützten, dichtes, hohes Gras, dunkelgrün und üppig, und zerzauste Büschel wucherten auch aus der leeren Türöffnung.
Nachdem das Theater zwei Jahre lang dem Verfall preisgegeben war, ging Asmara zu Esperia und öffnete den Stall, denn das Futter war zu teuer, und Männer zum Schilfrohrschneiden waren keine da.
»Heute führe ich sie für dich auf die Weide«, sagte sie, »sonst krepieren sie noch vor Hunger.«
Und sie ging ins Theater. Zu Mittag verlangte die Gemeindepolizei Erklärungen.
»Was tun Sie hier?« fragte der Polizist, ohne das Viereck zu betreten.
»Wir spielen aus dem Stegreif«, sagte Asmara.

Die Gebrüder Montero waren überzeugt, daß die entscheidende Schlacht gegen das Kapital in Spanien geschlagen würde. Garibaldo striegelte die Pferde, hängte sich einen Rucksack um und streute Sägespäne in die Manege.

Sie aßen alle am selben Tisch: einem großen Brett, das auf zwei Holzböcken ruhte, unter dem Zelt. Den Vorsitz am oberen Tischende hatte der Schnauzbart des Monsieur Oignon, im rechten Winkel zum Frack des Zauberkünstlers Nemesicus, der Körper in der Luft schweben ließ, und der hoffte, mit Hilfe der Seelenwanderung irgendwann in den Körper eines Yeti zu schlüpfen, ein Wesen, das er aufgrund seiner unabänderlichen Einsamkeit für glücklich hielt. Garibaldo saß zwischen Herkules' Rechter, die mit einem schwarzen Lederband geschmückt war, und der nervösen Linken von Pecos Bill, dem linkshändigen Messerwerfer aus Savoyen, der alle verachtete, die nicht französisch sprachen. Wenn sich Herkules der Suppenschüssel bemächtigte, um sie mit dem Schöpflöffel auszuputzen, und damit das Zeichen gab, daß das Mittagessen beendet war, standen Garibaldo und Guidone auf und gingen mit Los Hermanos Montero unter dem Netz auf und ab und unterhielten sich mit ihnen. Guidone war engagiert worden, um sich mit Herkules zu messen. Abend für Abend saß er im Publikum, trug eine Weste und eine grellbunte Krawatte wie ein richtiger Herr und knabberte Kürbiskerne und Haselnüsse, bis Monsieur Oignon hinten im Zelt auftauchte, um das geschätzte Publikum aufzuforden, gegen Herkules anzutreten. Als Preis gab es zehn Lire in bar und einen Papagei, der auf neapoletanisch Witze erzählen konnte. Herkules, mit einem Leopardenfell bekleidet, ging in der Manege im Kreis, fletschte die Zähne in Richtung Publikum und bog Stäbe, die aus der Ferne aussahen, als wären sie aus Eisen. Als die Aufforderungen Monsieur Oignons angesichts des allgemeinen Schweigens einen spöttischen Ton anzunehmen begannen, erhob sich Guidone und brüllte, hoch über das Publikum ragend: »Ich!«

Natürlich unterlag er fast immer, nur an manchen Abenden, wenn es galt, ein weniger tolerantes Publikum zufriedenzustellen, besiegte er Herkules und nahm den Papagei mit; doch sobald das Publikum das Zelt verlassen hatte, legte er ihn wieder an die Kette. Sie trennten sich in Rom.

Hasta la vista, winkten ihnen die Hände der Gebrüder Montero zu, während die Wohnwagen über die Via Nomentana davonfuhren. Ihr Wagen war der letzte. Aus dem hinteren Fenster, das von der Aufschrift

Hermanos Montero
Acrobatas

umrahmt war, winkten sie ihnen zu, *hasta la vista*, bis sie nicht mehr zu sehen waren. Guidone und Garibaldo umarmten sich, beeindruckt von der Weite der Straßen. Guidone hatte die Adresse eines Sportclubs. »Komm mit«, bat er. »Eine Arbeit als Aushilfskraft findet man immer.«

Aber Garibaldo hatte bereits seinen Rucksack umgeschnallt. »Ich wollte nur die Porta Pia sehen«, sagte er. »Viel Glück«.
Wie er gehört hatte, war Malatesta in Mailand eingetroffen. Aber er kam nur bis Grosseto.

Argentinien ist ein Hoffnungsschimmer

Asmara ließ sich noch drei Jahre lang am Tor küssen und zappelte vor Verlangen. Sie verbrachten träge, feuchte Sommer; ihre Nostalgie erstickten sie im Rot der Melonen und ihre Träume in der schwülen Hitze des Nachmittags. Am Abend kam Gavure, mit den Zeitungen auf der rachitischen Brust, die ihn beim Radfahren auch vor dem Luftzug schützten. Er schien gelb geworden vor unterdrückter Wut, zwischen Krankheit und Melancholie.
»Hast du gesehen, was die faschistischen Schlägertrupps getan haben? Sie haben wieder zwei Parteilokale verwüstet. Die Polizei deckt sie.«
Jetzt, wo er als Drucker in der Stadt arbeitete, konnte er auch Plakate drucken. Er kannte sich in der Politik aus wie früher bei den Heuschrecken, er gebrauchte Worte, die keiner kannte. Er sprach wie gedruckt. Von ihm erfuhr Garibaldo, der immer geglaubt hatte, arbeitslos zu sein, daß er eigentlich dem Subproletariat angehörte.
»Wir müssen uns organisieren«, sagte Gavure, »sonst legen sie uns aufs Kreuz.«
Asmara sorgte für Wein und Rosinenkuchen, und

sie verbrachten die Abende am Tisch, während die Tante im Schutz ihrer Taubheit ein Nickerchen machte.
»Es war ein Fehler, daß du dich denen in Grosseto angeschlossen hast«, sagte Gavure. »Auf diese Weise erreichen wir gar nichts, das ist bloß individuelle Gewalt, viel Rauch um nichts.«
Garibaldo erzählte von Grosseto, vom Streik, die Arbeiter hielten Eisenbahnschwellen in der Hand, der Bahnhof gehörte ihnen, die Polizei war überwältigt worden.
»Und was habt ihr erreicht?«, Gavure hüpfte aufgeregt um den Tisch herum.
Sobald er weg war, verzehrte sich Asmara vor Groll.
»Ich glaube nicht, daß wir noch heiraten.«
Garibaldo träumte von Argentinien.
»Das ist eine einmalige Gelegenheit, laß es dir durch den Kopf gehen, Asmara.«
Das Frachtschiff lief bald aus, es transportierte Seide nach Buenos Aires.
»Hin- und Rückfahrt, ein paar Monate, und ich kann ein bißchen Geld beiseite legen.«
Wäre Asmara nicht Asmara gewesen, hätte sie geweint. Aber mit ihrem Schweigen gab sie ihre Einwilligung. Aus Frankreich schickte Guidone ein kleines Plakat mit einer Widmung drauf, auf dem er in kurzen Hosen und mit glänzendem Bademantel zu sehen war. Er nannte sich *Le Colosse Italien*.

»Er soll *Es lebe der Duce* rufen!«, brummte der Dünne mit dem blonden Haarbüschel auf der Stirn.

»Los, los!«, schrien alle.

Apostolo Zeno, der von der Meute gehetzt und an den Karren gedrängt worden war, schäumte vor Angst und Zorn. Der Blonde kam ein paar Schritte auf ihn zu und schwenkte dabei drohend den Knüppel.

»Bleib stehen, du Bestie«, sagte Apostolo Zeno. »Ich könnte dein Großvater sein.«

Der Blonde drehte sich mit einem blödsinnigen Grinsen zu seinen Kumpanen um.

»Ach, wie reizend«, sagte er. »Dabei ist mein Großvater doch schon vor vierzig Jahren gestorben.«

Sie lachten im Chor.

»Zeig's ihm, Venerio«, sagte ein kleiner Dünner mit geschorenem Kopf böse. »Zeig es dem alten roten Schwein.«

Der Blonde ging zu Apostolo Zeno hin und packte ihn an den Haaren.

»Damit du lernst, meine Großmutter zu respektieren, sie ist nämlich eine Dame!«

Wieder lachten sie im Chor, Apostolo Zeno krümmte sich, weil ihn der Knüppel mit voller Kraft auf die Hoden getroffen hatte, und sofort darauf traf ihn der Stiefel des Blonden direkt ins Gesicht. Ein paar Sekunden lang blieb er zusammengerollt auf dem Boden liegen, einen blutigen Speichelfaden auf den Lippen.

»Das Pech, Burschen, das Pech!«, schrie der mit dem geschorenen Schädel. »Wir schicken ihn nach Carrara zurück, mit Pech am Arsch!«
Die Gruppe zerstreute sich, und ein kleiner Schmächtiger, beinahe noch ein Kind, schwang sich aufs Fahrrad und radelte zum Laden des Schlossers. Apostolo Zeno versuchte vorsichtig aufzustehen, wie eine auf den Rücken gefallene Küchenschabe, aber seine Hüften knickten ein.
»Ruf *Es lebe der Duce!*«, flüsterte ihm der Blonde zu.
Die anderen rauchten und warteten auf das Pech.
»Macht einen Kreis«, befahl Venerio. »Stellt euch auf die Seite der Kirche.«
Zwischen dem Karren und dem Denkmal befand sich ein Spalt von fünf oder sechs Metern, durch den man das Pfarrhaus sehen konnte.
»Hast du vielleicht Angst vor dem Priester?«, fragte Apostolo Zeno und spuckte Blut.
Der Radfahrer tauchte hinten auf der Piazza auf, mit einem kleinen Eimer an der Lenkstange, und sie feuerten ihn lautstark an. Apostolo Zeno kroch auf allen Vieren, mit erhobenem Kopf.
»Ruf *Es lebe der Duce!*«, drohte ihm Venerio.
»Verlauster Sklave!« sagte Apostolo Zeno mit Schaum im Mund.
Sie gingen zu fünft auf ihn los. Drei hielten ihn fest und zwei zogen ihn aus. Der kleine Schmächtige löste sich aus dem Handgemenge und schwenkte die Hose, aber die Unterhose rissen sie ihm vom Leib, damit es schneller ginge.
»Die Eier auch!« schrie Venerio.

Sie vollendeten ihr Werk, indem sie den Karren umstießen und auf den Schüsseln tanzten. Die Puppen warfen sie sich zuerst gegenseitig zu, dann spielten sie damit Fußball. Apostolo Zeno, der dem Alter entwachsen war, in dem man weint, wurde von einem lautlosen Schluchzen geschüttelt, sein Kopf schnellte auf und ab, und seine Schultern bebten.

Zehn himmelblaue Flämmchen

An dem Abend, an dem Garibaldo davongefahren war, hatte Esperia nicht mehr darüber hinwegsehen können, denn inzwischen waren es zehn himmelblaue Flämmchen, eines an jedem Finger. Es hatte an dem Abend begonnen, als ihr Mann umgebracht worden war. Er lag bereits im Sarg, und trotz der Binde klappte ihm immer wieder der Kiefer herunter. Esperia war in den Raum unter der Treppe gegangen, um eine Flasche Essig zu holen, den sie in der Küche ausschütten wollte, um den Totengestank zu vertreiben, der sich bereits an den Wänden festsetzte. Die wenigen Lampen, die es im Haus gab, standen rund um den aufgebahrten Toten, aber sie hatte die Flasche trotzdem gleich gefunden, denn am kleinen Finger ihrer linken Hand hatte sich ein himmelblaues Flämmchen entzündet. Am Tag darauf hatte sie die Sache schon wieder vergessen: Sie mußte die Bohnen einfrieren und dem Kind, das an Würmern litt, einen Absud aus Knoblauch zubereiten.

Aber als Garibaldo davonfuhr, erschrak sie. Es war ein schwüler Spätsommerabend, und das erste Herbstgewitter lag bereits in der Luft. Nachdem sie ihren Teller weggeräumt hatte, setzte sich Esperia an die Tür und machte die Lampe aus. Draußen war es bereits Oktober, eine mondhelle Nacht. Die Flämmchen gingen ganz plötzlich an, eins nach dem anderen, zuerst an den beiden Daumen, mit einem zischenden Gasgeräusch. Aber das war noch nicht alles. Während sie zu Zelmira lief, um ihr die neueste Neuigkeit mitzuteilen, stellte sie fest, daß sie zur Gänze himmelblau war, es war aber kein Feuer, sondern eine Art inneres Leuchten, wie bei den Glühwürmchen, die keine Flügel hatten. Als Zelmira sie so in die Küche kommen sah, hatte sie keine Zweifel: »Meiner Meinung nach wirst du eine Heilige.«

Sie unterhielten sich eine Zeitlang darüber, ob sie Don Milvio benachrichtigen sollten, ob er ihnen glauben würde, wenn er den schlagenden Beweis vor Augen hätte, der Häretiker, aber Esperia war dagegen. »Warten wir lieber«, sagte sie immer wieder, »bei all dem modernen Zeug, das sie inzwischen über die Elektrizität entdeckt haben. Und vielleicht ist es ja auch nur die Sehnsucht nach dem Meer.«

An die Flämmchen hatte sie sich sofort gewöhnt, sie leisteten ihr Gesellschaft. Sie gingen am Abend an und leuchteten in aller Ruhe, ohne die Laken zu versengen. Sie sahen aus wie die phosphoreszierenden Quallen, die in den Augustnächten am Strand gelegen hatten.

Garibaldo ging zu Melchior. Der hielt gerade sein Nachmittagsschläfchen, auf einem Diwan, der genauso weich war wie er selbst. Im Schlaf zerquetschte er eine Fliege auf seinem Gesicht.

»Der Herr Ingenieur will nicht gestört werden«, sagte die hinkende Magd und stellte sich ihm in den Weg.

»Verschwinde«, sagte Garibaldo.

Er packte ihn an der Krawatte, sanft, weil es ihn vor ihm ekelte, und schüttelte ihn wie eine Kuhglocke. Melchior hob langsam die Lider.

»Was erlaubst du dir«, winselte er und blickte sich um, auf der Suche nach seiner Jacke, aber sie war zu weit weg, sie hing über einem Stuhl.

»Hör mir gut zu, Schlappschwanz«, sagte Garibaldo. »Ich fahre eine Zeitlang weg, und ich weiß, daß du auf dem besten Weg bist, ein großes Tier zu werden. Wenn Asmara und Gavure in meiner Abwesenheit etwas passiert, ziehe ich dich zur Verantwortung. Und dann wehe dir.«

Melchior faßte sich und strich sich die Haare zurück, die ihm wie eine Haube über die Ohren hingen. Durch das halboffene Fenster drang das Muhen der Kühe herein, die von den Stallknechten in den Hof hinausgetrieben wurden.

»Warum gerade ich?«, sagte Melchior.

»Weil wir Verwandte sind«, sagte Garibaldo.

Der Papagei, der auf seinem Stock döste, schlug mit den Flügeln und krächzte.

»Dein Freund hat verstanden«, sagte Garibaldo, »sieh zu, daß auch du mich verstehst.«
Und er verließ das Zimmer.
Mit den Händen in der Tasche überquerte er den Hof und gab den Steinen Fußtritte. Melchior trat ans Fenster.
»Wenn ich daran denken werde«, schrie er, »dann nicht aus Angst vor dir, sondern aus Respekt vor Asmara!«
Garibaldo ging geradeaus weiter und tat, als ob er nicht gehört hätte. Im Dorf war es schon dunkel. Es wurde bereits um sechs Uhr dunkel, und länger durfte man die Lampen nicht anlassen. Sonst kamen die Schlägertrupps, traten gegen die Türen und schrieen: Noch wach?! Nachts hörte man sie marschieren: eins zwei, links rechts, eins zwei, links rechts.

Nicht aus Angst, sondern aus Verwandtschaft

»Es war so«, berichtete der Blonde, der nun keinen Haarschopf mehr hatte und mindestens drei Monate warten mußte, bis er ihm nachwachsen würde, den Kopf so kahl wie eine Billardkugel. Er schlug mit der Faust auf den Tisch, und seine Kameraden warteten darauf, daß er anfing.
Er fuhr gerade mit dem Rad nach Hause, nach der Versammlung, dort auf der Straße hinter den Sümpfen, bei den drei Brücken. Das Fahrradlicht warf einen gelben Lichtkegel in das Dunkel der Nacht, es war eine Nacht für Frösche, denn es hatte ein wenig

geregnet, und der Geruch von nassem Staub lag in der Luft. Er fuhr in die Kurve, die um den Stall herumführte und bremste mit der Hinterbremse, das Lenkrad ließ sich nur schwer bewegen. Mitten in der Kurve lag ein Baumstamm quer über die Straße, und es war zu spät, um sich durch den Spalt zwischen Baumstamm und Straßenrand zu schlängeln. Er mußte absteigen und darüberspringen, mit dem Fahrrad im Arm.

»Verdammt«, fluchte er, mit dem Zigarettenstummel zwischen den Zähnen. Der Fluch galt den Holzarbeitern aus dem Sägewerk, die den Baumstamm verloren hatten, ohne sich die Mühe zu machen, vom Karren abzusteigen und ihn wieder aufzuladen. Aber er war noch gar nicht auf der anderen Seite angelangt, mit seinem Fahrrad auf dem Rücken, als jemand emporschnellte, den er nicht sehen konnte, weil er dahinter auf dem Boden gelegen hatte.

»Ich hab' ihn nicht erkannt!«, fluchte Venerio und schlug mit der Hand auf den Tisch. »Wie denn auch, bei der Dunkelheit!«

Ehe er sich versah, lag er bereits auf dem Boden, mit dem Fahrrad im Arm.

»Ich bringe dich nur deshalb nicht um, weil mir vor dir graust«, sagte die Stimme, »aber ein Revolver ist auf dich gerichtet.«

Der Blonde, der nur in der Gruppe mutig war, spürte es in seinen Eingeweiden gluckern.

»Komm unter dem Rad hervor«, sagte die Stimme, »und stell dich vor das Licht.«

Er gehorchte bereitwillig, vor lauter Eile stolperte er

über die Speichen der Räder. Es war stockfinster, die Stimme gehörte einer schemenhaften Gestalt.
»Ich mußte die Hose ausziehen. Die Hände hatte ich frei, aber ich konnte mich nicht bewegen, weil er mir ein Seil um die Mitte gebunden hatte.« Und Venerio strich sich nervös über den kahlen Kopf, bebend vor Wut.
Der Besitzer der Stimme trat ein paar Meter zurück, in Richtung Straßenrand. Er sagte: »Sei brav und schrei nicht, ich bin gleich wieder da.« Als er zurückkam, hatte er einen kleinen Eimer bei sich, und wenn er darin rührte, entstand ein öliges Geräusch. Dann sagte er nichts mehr: Er nahm einen Pinsel und bestrich Venerio mit Pech, von den Haaren an.
»Ich ersticke«, weinte der Blonde und atmete durch die Nase.
Der Pinsel strich ihm über die Zunge, um ihn zum Schweigen zu bringen. Auf die Genitalien schüttete er ihm das Pech, wobei er den Eimer mit einer Hand am Henkel und mit der anderen am Boden hielt. Dann verschwand die Stimme mit dem Fahrrad; und um ihn zu verhöhnen, klingelte er drei- oder viermal, während er pfeifend davonradelte.
Melchior unterdrückte ein Lächeln, er hielt sich die Hand vor den Mund und tat, als ob er gähnen müsse. Er wußte ganz genau, wer es gewesen war. Aber er hatte keine Lust, es zu sagen. Und er spürte, daß es diesmal nicht aus Angst war, und das freute ihn.

Melchior mußte zwei Dinge verteidigen: seinen katholischen Glauben und die Besitztümer der *Fattoria Vecchia*, denn da auch er von Gutsverwaltern abstammte, fühlte er sich als Miteigentümer. Faschist war er aber nicht deshalb geworden, weil die Bolschewiken Atheisten waren und das Eigentum abschaffen wollten, sondern weil er Gesellschaft suchte. Er hoffte, im politischen Kampf die Freundschaft und die menschliche Wärme zu finden, die er in den Jahren an der Universität umsonst gesucht hatte, obwohl er spürte, daß er mit den kecken jungen Raufbolden, die Strafexpeditionen organisierten, nichts zu tun hatte: Gewalt machte ihm Angst, und beim Anblick von Blut wurde er ohnmächtig. Am Sonntag ging er immer zum Turnen, und der Schweiß floß in Strömen unter dem schwarzen Hemd. Er hätte sich nie getraut, durch den Reifen zu springen, und beschränkte sich darauf, die Arme zu heben, kleine Hopser zu machen, den Kopf im Rhythmus zu bewegen. Die Lieder gefielen ihm an dem ganzen faschistischen Brimborium am besten, denn er wäre gerne gewesen wie die Männer, die darin vorkamen; aber mitsingen konnte er nicht, weil er sich den Text nicht merkte, und weil ihn andererseits eine angeborene Scham daran hinderte, in der Öffentlichkeit zu singen. Er pfiff ihre Melodien lieber vor sich hin, während er auf dem Motorrad nach Hause fuhr, mit der großen Brille, mit der er sich vor Staub und Mücken schützte. In diesen Augenblicken war er stolz auf seine Entscheidung, vielleicht sogar glücklich. Er bog auf die breite weiße Straße ein, die direkt zur *Fattoria* führte, während die Bäume rauschend an ihm vorbeizogen und das Motorrad ihn das Gefühl der Schwere vergessen ließ, das ihn befiel, sobald er mit den Füßen auf dem Boden stand. Er pfiff und beschleunigte am Ansatz der Kurven; er träumte von Afrika und der Wüste, die er aus Romanen und von Illustrationen kannte: Palmen, goldgelbe Sandwüsten mit Ziegelgebäuden, in denen geheimnisvolle Königinnen wohnten, die von einem Bronzegong zu Tisch gerufen wurden, Schätze, in Höhlen verborgen, Urwälder voller Abenteuer. Heimlich schrieb er exotische Erzählungen, und eine davon hatte er bereits in zwei Folgen in der Sonntagsausgabe der *Tribuna della Riviera* veröffentlicht, unter dem Pseudonym Melchi. Sie war autobiographisch gefärbt, ihr Protagonist war Italo Ferro, ein junger italienischer Wissenschaftler. Italo stöberte auf dem Dachboden in den alten Koffern seiner Familie und fand die Karten und das Tagebuch eines Vorfahren, eines kühnen Entdeckers in Südafrika; dabei stellte er staunend fest, daß ein geheimnisvolles Wüstenvolk die Krankheit des unlöschbaren Durstes mit einer sehr seltenen Flechte heilte, die in den steilen Schluchten unwirtlicher Gebirge wuchs. In der Hoffnung, man könne aus der Pflanze ein kostbares Elixier gewinnen, war Italo ins geheimnisvolle Afrika aufgebrochen. Hier endete die erste Episode, mit dem Versprechen auf unglaubliche Abenteuer. Die zweite Episode begann damit, daß Italo das Atlasgebirge überquerte und dabei von

den Wachen der Königin Luana, einer wunderschönen, blutrünstigen Frau, verfolgt wurde. Nachdem sie ihn gefangengenommen hatte, versuchte sie ihn mit ihren Verführungskünsten zum Sprechen zu bringen. Der Hauptteil handelte von Italos Triumph: Nachdem er sich dank der aufopferungsvollen Sklavin Nubia befreien hatte können, gelang es ihm nicht nur, aus der Flechte ein kostbares Arzneimittel zu gewinnen, mit dem man Diabetes heilen konnte, sondern er brachte darüber hinaus dem von der tyrannischen Königin unterdrückten Volk das Licht der römischen Kultur. Im Finale, das Melchior für den gelungensten Teil der Erzählung hielt, obwohl er es von der *Äneis* abgeschrieben hatte, beschrieb er den Selbstmord Luanas. Von ihrem Volk verstoßen und in ihrer Liebe gekränkt, ließ sie sich auf einem Scheiterhaufen aus aromatischen Hölzern verbrennen, während ihr Palast, von einem biblischen Erdbeben erschüttert, mit ihr unterging.
Für diese Erzählung in Fortsetzungen hatte Melchior eine Silbertafel mit zwei Segelschiffen und einem Liktorenbündel darauf gewonnen, die die *Tribuna della Riviera* als Preis ausgesetzt hatte; und jetzt schrieb er eine dritte Episode, in der Italo gegen einen Stamm lüsterner Pygmäen kämpfte, die an der Küste weiße Mädchen entführten, um sie ihren steinernen Götzen zu opfern. Sobald sie fertig war, wollte Melchior das Pseudonym ablegen und die drei Erzählungen gemeinsam in einem Buch veröffentlichen, unter dem Titel seiner Lieblingserzählung: *Die Flechten der Königin Luana*. Wie er damit Asmara überra-

schen und seine Kameraden beeindrucken würde! In der Parteiorganisation schätzte man ihn, weil er der Ingenieur von der *Fattoria Vecchia* war, aber auch wegen seines Benehmens. Wenig sprechen, keine persönlichen, aber drastische Urteile abgeben, die Dinge von oben herab betrachten: auf diese Weise verschaffte man sich Respekt. Melchior hatte inzwischen gelernt, seine alte Schüchternheit und die Angst vor den anderen zum eigenen Vorteil zu nützen.

Te pienso y te quiero

»Auch hier gibt es einen gewissen Fortschritt«, schrieb Asmara auf die Karte, mit dem Telegramm und den Rosen darauf, die ihr Gavure gegeben hatte. »Glaubst du, du hättest Amerika entdeckt? Sonntags gehe ich mit meinen Freundinnen aus, und wir machen einen Spaziergang zur Piazza. Sie bauen wieder am Theater, es soll *Splendore* heißen. Gavure hat direkt unter dem Denkmal einen Kiosk eröffnete, er verkauft Zeitungen, Eis und Karten und macht ein Mordsgeschäft. Man hat mir einen Antrag gemacht, aber ich ziehe ihn nicht einmal in Erwägung, denn ich warte auf dich, verdammt noch mal. Deine Asmara.«

Als Antwort erhielt sie eine grünliche Karte mit einer Pferdeherde darauf. Garibaldo sprach sie mit ›Señorita‹ an und schrieb: *te pienso y te quiero*, ich denke an dich und ich liebe dich.

Ein bißchen Meer

In ihrer Einsamkeit strich Esperia die Wände himmelblau. Sie lief barfuß herum, wie auf einem eingefriedeten Strand, und blickte sehnsüchtig an den Horizont der Zimmerecken.

Drei Horoskope für zwei

Asmara ging zu Zelmira, um sich das Horoskop erstellen zu lassen.
»Er kommt an einem Abend heim, an dem der Mond scheint«, sagte Zelmira.
Asmara kam noch einmal. Zelmira nahm eine Schüssel voll Kleie und wies sie an, sich mit dem Rücken zu ihr hinzusetzen. Sie besprach die Kleie, ließ sie zwischen den Fingern durchrieseln und drehte und wendete die Schüssel.
»Ich sehe zwei verschiedene Schicksale«, sagte sie, »aber ich kann dir nicht sagen, für welches du dich entscheiden wirst.«
»Ich will sie kennen«, sagte Asmara.
»Das erste ist, daß du als Jungfrau stirbst.«
»Und das zweite?«
»Daß du einen Sohn bekommst, der mit dreißig Jahren stirbt.«
Asmara drehte sich um, bleich geworden.
»Erstell mir auch Garibaldos Horoskop.«
»Er ist zu weit weg«, sagte Zelmira, »es stimmt dann nicht. Und außerdem hat in seiner Familie die Zeit immer schon merkwürdige Kapriolen geschlagen.«

»Ich helfe dir, an ihn zu denken«, sagte Asmara.
Zelmira steckte einen Holzlöffel in die Kleie und machte sich wieder daran zu schaffen. In der Kleie bildete sich eine kegelförmige Vertiefung mit einem Loch in der Mitte, als bliese jemand hinein.
»Garibaldo wird mit dreißig sterben«, sagte Zelmira, »wie sein Großvater, sein Vater und sein Sohn.«
Asmara gab ihr eine Flasche Öl und stürzte aus der Tür.
»Oh, Gott«, sagte sie, »aber er hat die dreißig doch schon um fünf Jahre überschritten.«
»Nichts zu machen«, meinte Zelmira, »so sagt es das Horoskop.«

Den Mund voller Kieselsteine

Eines Abends kehrte Guidone heim, in der Postkutsche, denn ein bißchen Geld hatte er durch das Austeilen und Einstecken von Prügeln beiseite gelegt. Er trug einen sehr eleganten karierten Anzug, der an den Schultern aufzuplatzen drohte. Er hatte ihn vor ein paar Monaten gekauft, als er noch mitten im Training war, und damals war er ihm sogar zu weit gewesen: aber nach einigen Wochen der Untätigkeit wußte er nicht mehr, was er anziehen sollte. Er war so dick geworden, wie man nur dick werden konnte, wenn man ohnehin schon groß und stämmig war wie Guidone, er sah aus wie ein Kalb. Auf der Piazza stieg er aus und blickte sich um, und es gefiel ihm weder die Stimmung, die dort herrschte, noch gefielen ihm die Blicke der Unbekannten, die vor dem Café standen.

Viel zu neugierig. Er überquerte den Platz, ohne auf sie zu achten, bog hinter der Kirche ab und ging an der Ziegelbrennerei vorbei. Er klopfte an die Tür Gavures, in der Hoffnung, zum Abendessen eingeladen zu werden, aber im Haus war es bereits dunkel. Er klopfte noch einmal.

»Wer ist da?«, hörte er nach einigen Minuten fragen.

»Ich bin's, Guidone.«

Da machte Gavure ihm auf.

Guidone betrat die Küche, die roch, als ob sie nicht benützt wurde, der Ofen war aus, er umarmte Gavure im Dunklen und stemmte ihn vom Boden hoch.

»Heilige Mutter Gottes, wie lang ist es her!«

Aber angesichts des Brotes und der Birnen, die Gavure so schnell wie möglich hervorgeholt hatte, war Guidone nicht in der Lage zu erzählen.

»Wozu all die Vorsichtsmaßnahmen?«, brachte er gerade noch heraus, während er den ersten Bissen verschlang.

»Erzähl zuerst du«, sagte Gavure, »dann erkläre ich dir alles.«

Und mit einer Stimme, die klang, als hätte er keine Zähne mehr im Mund, erzählte Guidone von dem Japaner, der nicht mit den Armen gekämpft hatte, sondern mit der Stirn, und ihm mit einem Kopfstoß die Karriere ruiniert hatte.

»Ich habe ein Gefühl, als hätte ich den Mund voller Kieselsteine, siehst du nicht?«

Mit den Fingern zog er die Lippen auseinander, wie man es bei Pferden macht, und zeigte die übriggebliebenen Zähne, die gelb waren und wackelten.

Allmählich entwickelte sich Borgo zu einer Stadt. Die Arbeit am Theater ging zügig voran; die Fassade mit dem neoklassischen Giebel war bereits fertig, und die Viktoria von Samothrake zeigte auf den Namen in gipsernen Reliefbuchstaben: *Splendore*. Das Theater, so hieß es, würde im nächsten Fasching eröffnet, mit *Il paese dei campanelli* oder vielleicht einem Film: *Cabiria*. Neben der mit zwei überkreuzten Brettern verschlagenen Tür hing bereits ein Plakat, auf dem eine weißgekleidete Frau zu sehen war, die vor dem Hintergrund einer brennenden Stadt die Hände rang und die Augen verdrehte. Auf jener Seite der Piazza, von der aus man Garibaldi und den König von hinten sah, hatte Gavure einen Kiosk aus hellblauem Blech mit verziertem Rand aufgestellt. Er saß zusammengekauert auf einem Podest, so daß er sich auf derselben Höhe befand wie seine Kunden, wenn sie ans Fenster traten und die Zeitung verlangten. Als Asmara an dem Morgen, an dem ein Fest des neuen Regimes gefeiert wurde, hinging, blinzelte ihr Gavure auf merkwürdige Weise zu und kramte in den Zeitungspacken. Er gab ihr noch eine Karte, auf der zwei Rosen auf einem Telegramm abgebildet waren, mit der Aufschrift *Ich denke an dich*, und flüsterte: »Grüß Garibaldo von mir, wenn du ihm schreibst.« Dann blickte er sich argwöhnisch um und überreichte ihr ein dickes gelbes Kuvert.

»Mach es erst auf, wenn du zu Hause bist, und wenn du es gelesen hast, schick es Garibaldo.«

In Buenos Aires erhielt Garibaldo zehn Exemplare einer Untergrundzeitung. In einem ganzseitigen Artikel stand, daß das italienische Volk sich nicht unters Joch der Diktatur zwingen ließe und sich zum Gegenangriff vorbereite. Auf einer der Zeitungen klebte ein Kärtchen, auf dem mit Bleistift geschrieben stand: »Schöne Hin- und Rückfahrt. Dauert ja ganz schön lang, deine Hin- und Rückfahrt. Deine Mutter ist völlig verblödet und behauptet, sie hätte Feuer an den Fingern. Wir hier tun unser Bestes. Aber bleib ruhig, solange du willst, das Horoskop bestimme sowieso ich, und es macht mir nichts aus, als Jungfrau zu sterben. Deine Señorita, der du den Buckel runterrutschen kannst.«

Die Flämmchen gehen aus

Esperia wußte ganz genau, daß ihre letzte Nacht gekommen war. Das Käuzchen, das sich auf dem Kamin niedergelassen hatte, bestätigte ihre Vorahnung: Sie war die einzige im Haus, und die Ankündigung konnte nur ihr gelten. Sie zog sich sorgfältig an, um Zelmira keine Umstände zu bereiten, machte einen zusätzlichen Knoten in das Band des Kriegskreuzes, für den Fall, daß es sich löste, wenn sie sich an ihr zu schaffen machten, um sie in den Sarg zu legen. Sie öffnete das Fenster, um die Nacht ins Schlafzimmer hereinzulassen, und legte sich aufs Bett. Die Flämmchen an den Fingern verloschen langsam, als ginge ihnen der Brennstoff aus.

Garibaldo erhielt die Nachricht im Gasthaus *Vesuvio* in Buenos Aires, wohin ihm die Post zugestellt wurde, und zwar mit einer Verspätung von einem Monat, als er von einer Tournee zurückkehrte.
»Sie ist im Ruf der Heiligkeit gestorben«, schrieb Zelmira, und er mußte das Porto bezahlen.

Zwei Koffer voller Laken

Als er bei Asmara auftauchte, hatte er seine argentinische Ziehharmonika bei sich; er spielte die ersten Noten eines leidenschaftlichen Tangos. Sie kam herausgestürzt und trat dabei die Rosenbüsche nieder. Sie küßten sich, bis sie keine Luft mehr bekamen, und quetschten die Ziehharmonika zwischen sich zusammen.
»Ich habe zwei Koffer voller Laken«, sagte sie, als sie sich von ihm löste.
Garibaldo blieb zum Abendessen, um sein argentinisches Abenteuer zu Ende zu erzählen. Die Tante am oberen Ende des Tisches, eingesponnen in ihre Taubheit, nickte hin und wieder. Es war ein sehr langes Abendessen, ein Satz pro Bissen.
»Iß, sonst wird es kalt, junger Mann«, sagte die Tante.
Die heikelste Episode war die Tournee nach Rosario, er war als Lastwagenfahrer bei einer französischen Varietétruppe engagiert, hatte jedoch den Sänger ersetzen müssen, der an einer Mandelentzündung litt.
»Wer weiß, wie viele Hörner du mir aufgesetzt hast«, platzte Asmara heraus.

»Ach was, ich habe nur Lieder gelernt.« Und er gab ein Bravourstück zum besten, eine Mazurka. Er wäre gern die ganze Nacht geblieben, aber Asmara führte ihn zum Tor.

»Wir sind keine Kinder mehr«, flehte Garibaldo.

»Ich muß das Horoskop überlisten«, unterbrach ihn Asmara.

»Was für ein Horoskop?«

»Hab noch ein wenig Geduld«, sagte sie und schob ihn weg.

Sie küßten sich noch zwei Jahre lang am Tor. Garibaldo arbeitete als Fahrer im landwirschaftlichen Betrieb der *Fattoria Vecchia*, er brachte Gemüse zu den Märkten und zum Verkehrsknotenpunkt. Am Sonntag ging er mit Asmara ins *Sparviero Danze,* an der Hauptstraße, wo sie schweißtreibende und heftig beklatschte Tangos zum Besten gaben. Im Juli, wenn das Getreide gedroschen wurde, zogen sie von Tenne zu Tenne, und Garibaldo bearbeitete seine Ziehharmonika. Er spielte Feiertagslieder und bekannte Tänze, aber wenn die Luft rein war, spielte er *Addio Lugano bella*.

Gavure trafen sie selten. Hin und wieder kam er abends zu Asmara, um eine Kleinigkeit zu essen und ein wenig zu plaudern, aber er war nicht mehr wie früher. Als hätte er seinen Zorn und sein Ungestüm verloren. Er war ständig auf der Hut, saß wie auf Nadeln, verabschiedete sich in aller Eile; sobald ein Motorrad vorbeifuhr, lief er zum Fenster um nachzuschauen. Oft war es Melchior, der Gas gab und davonbrauste, sobald er zwei Fahrräder am Tor lehnen sah.

»Gavure, die Politik bringt dich um«, sagte Garibaldo. Und Gavure schüttelte verlegen den Kopf, als hätte man ihm ein Kompliment gemacht. Dann blieb er mit gesenktem Blick sitzen, als bedrücke ihn etwas, wovon er nicht sprechen wollte.

»Ihr versucht Zeit zu gewinnen, aber so ziehen wir den Karren nicht aus dem Dreck«, sagte Garibaldo. »Wir bräuchten Bomben.«

Und Gavure, der sich seiner Sache sicher war, schwieg. Bis er eines Abends antwortete:

»Eines Tages wird es auch dazu kommen.« Und er machte ein trauriges Gesicht, als wüßte er, was auf ihn zukäme.

»Wir bereiten uns vor«, sagte er. »Komm mit uns, du wirst sehen.«

»Bestimmt nicht«, sagte Garibaldo, »ich will mein eigener Herr sein, ich brauche niemanden, der mir sagt, was ich zu tun habe.«

Gavure gab keine Antwort und ging stillschweigend nach Hause, ohne noch einmal auf das Thema zurückzukommen. Aber Asmara war fuchsteufelswild, sie klapperte mit dem Geschirr, sagte jedoch kein Wort.

»Was ist los?« sagte Garibaldo, »was ist denn los?«

»Das hättest du nicht sagen sollen«, sagte Asmara. »Gavure läßt sich von niemandem was sagen. Denk daran, wer allein ist, bleibt allein, und allein richtet man nichts aus.«

»Beruhige dich«, sagte Garibaldo, »was verstehst du schon davon?«

Asmara wurde bleich und schob ihn hinaus.

»Tu mir den Gefallen und verschwinde, denn heute abend halte ich dich nicht aus. Du glaubst, du bist tüchtig, weil du an die Wand pißt.«
Von nun an kam Gavure nicht mehr. Garibaldo war betrübt darüber, aber aus Stolz sagte er nichts. Wenn er am Kiosk vorbeiging, grüßte er ihn flüchtig:
»Hallo!«
Oder er kaufte eine Zeitung. Sie gaben sich beide zugeknöpft, obwohl sie am liebsten gesagt hätten: »Wann sehen wir uns wieder?«
Aber sie sagten es nicht.

Wieder ein neuer Herr

Sie kamen in zwei Autos und sangen *Giovinezza*; ein Dutzend junger Männer mit Quastenmütze und Totenschädel am Kragen. Sie legten Seile um die Statue des Königs, der keinen Widerstand leistete und bereits beim ersten Ruck auf den Boden krachte und eine Staubwolke aufwirbelte. Einige Nächte lang bot Garibaldi Italien dem gegenüberliegenden Friseurladen an.
Ein paar Wochen später ließ die Parteiorganisation verlautbaren, daß sie das Werk der »unbekannten Vandalen« verurteilte und dafür sorgen würde, daß die entfernte Statue wieder an ihrem alten Platz aufgestellt werde. Per Eisenbahn kam eine Kiste mit der Aufschrift ZERBRECHLICH an, sie war so lang wie ein Sarg und wurde in Anwesenheit des Bürgermeisters geöffnet.

Der Duce, mit nacktem Oberkörper und einem Helm auf dem Kopf, reckte das Kinn empor. Er schien sich sehr darüber zu freuen, daß Garibaldi ihm Italien darbot.

Ein Briefmarkenreich

Ein paar Kinder, die in diesen Tagen zur Welt kamen, wurden auf den Namen Macallè getauft. Auf den Briefmarken waren wunderbare Reiche abgebildet.
»*Col moschetto e col pugnale andrò in Africa orientiale*«, trällerte Melchior.
Inzwischen besuchte er sie jeden Samstag; er trug einen weißen Anzug, weil er es für taktlos hielt, in der Uniform des faschistischen Verbandsführers aufzutauchen. Er klopfte schüchtern, und wegen der krankhaften Fettpolster auf seinen Fingerknöcheln wurde sein Klopfen von Mal zu Mal leiser. Er hängte seinen Hut von innen an die Eingangstür, setzte sich an den Rand eines Stuhls und führte Selbstgespräche mit der von ihrer Taubheit abgeschirmten Tante. Er schnupperte an seiner Zigarre und beobachtete mit verlorenem Blick die Bewegungen Asmaras am Stickrahmen. Es war so still, daß man hören konnte, wie sich die Nadel durch den Stoff bohrte, der gespannt war wie eine Membran. Oft versuchte er, Märsche aus dem Kolonialkrieg zu pfeifen, die auf seinen Lippen zu kurzatmigen und melancholischen Melodien wurden. Asmara warf ihm einen gebieterischen Blick zu, und das Pfeifen hörte auf, weil ihm die Luft ausging.

»Sie verstehen das nicht, wir müssen Libyen erobern.«
Die feuchten Hände umklammerten verzweifelt die Zigarre und durchtränkten sie mit Schweiß.
»Warum gehst du dann nicht selbst nach Afrika, anstatt hier die Stellung zu halten?«, erwiderte Asmara.
Die Zigarre war aufgequollen vor Schweiß, und das Deckblatt löste sich wie ein krauses Band. Melchior blickte entmutigt auf seine Schuhe.
»Sie haben es mir nicht erlaubt, wegen der Diabetes.«
Asmara mußte sich anhören, wie er voller Sehnsucht von einem Afrika sprach, das er von der Parteipropaganda kannte: Tee und Bananen, Libyen, die großen Wasserfälle, die römische Kultur. Am liebsten hätte sie ihn weggeschickt, aber sie brachte es nicht übers Herz: und nicht nur aus Angst, er könne sich an Garibaldo rächen.
Hin und wieder kam Zelmira, um mit ihr den Abend zu verbringen, in einer Hülse aus Jahren, die sie vor dem Tod schützten. Sie besaß noch dieselbe Stimme wie in ihrer Jugend, und da sie sie schonen wollte, verständigte sie sich lieber mit Augenzwinkern. Sie brachte eine Schüssel mit Öl, und in der Stille nach dem Abendessen verwünschte sie die Faschisten.
»Hundescheiße. Hundescheiße.«
Sie hexte ihnen so großes Unglück an den Hals, daß sie von heute auf morgen hätten tot umfallen müssen.
»Vielleicht solltet ihr Euch lieber auf den Anführer beschränken«, sagte Asmara zu ihr.
»Den nur mit einer Schlinge um den Hals!«, und Zelmira lachte aus zahnlosem Mund.

Die Zeitungen verklärten den *Nibbio delle Baleari*, der durch die Geschwader der Roten flog, den Maschinengewehrsalven auswich, plötzlich eine Pirouette drehte und sie von hinten angriff: und die Roten hatten keine Chance mehr.

»Sie schaffen es nicht«, sagte Asmara.

Garibaldo erhielt über Marseille einen Brief. Er kam aus Guadalajara und trug kein Datum:

»*Montero Primero quebró su filo. No pasarán. Montero Segundo*«.

Da zögerte Garibaldo nicht länger und ging schnurstracks zu Gavure. Er traf ihn wie immer im Kiosk.

»Gavure«, sagte er, »hören wir auf, uns wie Kinder zu benehmen. Ich gehe fort, ich kann nicht mehr hierbleiben.«

Und er zeigte ihm den Brief.

Gavure war niedergeschlagen, auf Zehenspitzen ließ er die Rolladen am Kiosk herunter.

»Wo willst du denn hin?«, fragte er, »das ist ein alter Brief, Barcelona ist gestern gefallen. Schau dir das an, wenn du den faschistischen Zeitungen nicht glaubst.«

Und er schlug eine richtige Zeitung auf, die er unter der Jacke hervorgezogen hatte. Sie standen mitten auf der Piazza, Leute gingen vorbei.

»Mach die Zeitung zu«, sagte Garibaldo, »wenn sie dich damit sehen, bringen sie dich um.«

»Das ist mir jetzt auch schon egal«, sagte Gavure.

»Wir kennen uns seit zwanzig Jahren«, sagte Garibaldo, »und seit fünfzehn sind wir verlobt. Sollen wir unverrichteter Dinge alt werden?«
Das war ein Thema, dem Asmara aus dem Weg ging, oder sie spielte die Gekränkte.
»Ich habe meine Prinzipien«, sagte sie, »sei so gut und beleidige mich nicht.«
Garibaldo wollte sie nicht beleidigen: Sie konnten ja auch heiraten, wozu saßen sie eigentlich jeden Abend nach dem Essen am Tisch wie zwei Kinder?
»Jung gefreit, stets gereut«, antwortete Asmara.
Oder: »Die Fehler des Bräutigams lernt man immer erst nach der Hochzeit kennen.«
»Wenn du meine Fehler in zwanzig Jahren nicht kennengelernt hast«, sagte Garibaldo, »wirst du sie überhaupt nicht mehr kennenlernen, denn ich habe die Nase voll. Ich gehe.«
Asmara war so bestürzt, daß sie schwankte. Sie wußte, wie Garibaldo war, wenn es ihn überkam, war er imstande, alles stehen und liegen zu lassen und zu gehen. So war er nun mal.
»Ich habe meine Gründe, dich noch nicht zu heiraten«, sagte Asmara. »Hab ein wenig Geduld, nur ein wenig noch, denn der Augenblick ist nicht mehr fern. Ich habe eine Möglichkeit gefunden.«
»Was für eine Möglichkeit? Würdest du mir bitte erklären, wovon du sprichst?«
»Eine Möglichkeit«, sagte Asmara. »Du wirst schon sehen. Dazu braucht man einen starken Willen.«

Und sie schickte ihn sanft weg, in der Gewißheit, er würde warten.

Die Liebe hört nimmer auf

»Strebet aber nach den besten Gaben. Und ich will euch einen noch köstlicheren Weg zeigen. Wenn ich mit Menschen- und mit Engelszungen redete, und hätte ich die Liebe nicht, so wäre ich ein tönendes Erz oder eine klingende Schelle. Und wenn ich weissagen könnte und wüßte alle Geheimnisse und alle Erkenntnis und hätte allen Glauben, also, daß ich Berge versetzte, und hätte der Liebe nicht, so wäre ich nichts. Und wenn ich alle meine Habe den Armen gäbe und ließe meinen Leib brennen, und hätte der Liebe nicht, so wäre mir es nichts nütze. Die Liebe ist langmütig und freundlich, die Liebe eifert nicht, die Liebe treibt nicht Mutwillen, sie blähet sich nicht, sie stellt sich nicht ungebärdig, sie sucht nicht das Ihre, sie läßt sich nicht erbittern, sie trachtet nicht nach Schaden, sie freut sich nicht der Ungerechtigkeit, sie freut sich aber der Wahrheit. Sie verträgt alles, sie glaubet alles, sie hofft alles, sie duldet alles. Die Liebe hört nimmer auf.«

Don Milvio hörte zu lesen auf und sah zum Fenster hinaus. Diesen Absatz hatte er für die nächste Sonntagspredigt vorbereitet: den ersten Brief des Heiligen Paulus an die Korinther. Während er die streunenden Hunde beobachtete, die einander auf dem Kirchplatz jagten, war ihm, als vergingen die Jahre in Borgo schneller als anderswo. Ihm schien, als sei es

erst ein Jahr her, daß er die hydraulische Gleichheitsmaschine erfunden hatte und in einem Anfall von Verzweiflung ans Fenster getreten war, um Garibaldo zu rufen. Aber statt dessen waren fast vierzig Jahre vergangen, an die Stelle der Ungleichheit war die Gerechtigkeit getreten, eine unerhebliche Verbesserung, und noch ein Mann war an den Folgen von brutaler Gewalt gestorben, erschlagen worden.
Don Milvio zerriß das Blatt mit dem Korintherbrief in winzige Stücke und warf die Schnipsel zum Fenster hinaus. Es machte ihm Spaß zuzusehen, wie sie wie Konfetti zu Boden schwebten. Besorgt, beinahe verzweifelt, überlegte er sich, was er statt dessen lesen sollte. So sehr er auch nachdachte, er konnte nichts finden. Und da beschloß er, daß er schweigen würde: ja, genau, schweigen.

Ein Krachen zum Abschied

Es war eine Nacht, in der die Grillen zirpten, und ein praller Mond kündigte große Hitze an. Garibaldo stand in der Unterhose auf, mit der Feuerzange in der Hand, und öffnete die Tür, die zu ächzen schien. Es war Asmara, und sie brachte nicht einmal ein Schluchzen hervor, ihre Stimme war voller Sand.
»Die Faschisten haben Gavure zusammengeschlagen.«
Er mußte sie hereinziehen, als hätte sie mit dem Überbringen der Nachricht ihre Aufgabe erfüllt und

konnte endlich versteinern, wie es ihrem Wunsch entsprach.

»Das mußt du mir genauer erklären, was ist passiert?«

Sie hatten ihn in die trockengelegten Sümpfe gebracht, um ihn blutig zu schlagen, und am Abend war er bewußtlos von einem Auto auf der Piazza abgeladen worden. Aufgrund seiner schwachen Konstitution hatte er der Tortur nicht standgehalten. Er lag im Sterben.

»Der Arzt rührt sich nicht aus dem Haus, er sagt, er hätte Fieber. Zelmira hat ihn gesehen, sie meint, es dauert nicht mehr lange. Wenn er nicht röchelt, ruft er nach dir.«

Garibaldo fuhr mit dem Fahrrad in die Nacht hinaus. Die beiden Alten weinten mit dem Kopf auf dem Tisch. Zelmira, die auf einem niedrigen Schemel kauerte, zischte eine Litanei herunter, mit ihrem zahnlosen Kiefer. Er betrat das halbdunkle Schlafzimmer und durchbrach den Nebel aus kaltem Schweiß, der sich auf Gavures Wimpern gelegt hatte. Er legte das Ohr an die aufgeschlagenen Lippen, um das Röcheln zu verstehen. Ein spöttisches Lächeln lag auf seinem Mund, oder vielleicht auch eine Grimasse.

»Der einzige Gefallen, den sie mir hätten erweisen können, ist ihnen nicht gelungen.«

Garibaldo sah ihn fragend an. Die Zeit verging, es war dunkel geworden, der Docht brannte ab. Gavure hob mühsam die geöffnete Hand und schlug flach in die Luft.

»Mach mich gerade.«

Er hielt ihm die Hand, bis er gestorben war, mit dem Versprechen, verstanden zu haben. Er ging nach unten, in den Raum unter der Treppe, und holte einen Schlegel.

»Ihr geht nicht mit hinauf«, sagte er zu den Alten. »Er hat mich gebeten, ihm allein einen Dienst zu erweisen.«

Er legte ihn auf den Bauch. Gavure war so schwer wie ein Korken. Er vollführte sein Werk im Dunkeln, ohne das Licht anzuzünden, das ausgegangen war. Er wickelte eine Decke um den Schlegel, damit er ihn nicht verletzte, und während er ihm den Schlag versetzte, betrachtete er draußen vor dem Fenster den Mond, der hinter dem Kloster unterging. Gavure streckte sich mit einem dumpfen Krachen, sein Brustkorb wurde flach, die Glieder lösten sich. Er wurde größer.

Er küßte ihn auf die Stirn, während er ihn aufs Kissen bettete.

Hundert Exemplare

Der Drucker spielte ununterbrochen mit den kleinen Bleiwürfeln, als ginge ihn das Gespräch gar nichts an. »Wir drucken hier nur offiziell genehmigte Plakate, junger Mann. Ich lasse mir nichts unterstellen.«

»Hören Sie zu«, sagte Garibaldo, »reden wir nicht länger um den heißen Brei herum. Vuretti wurde gestern abend umgebracht, mit Tritten ins Gesicht.«

»Das tut mir leid«, sagte der Mann und versteckte

das Gesicht unter dem Schirm seiner Mütze. »Aber das hier ist nicht der richtige Ort, um nach politischen Motiven zu suchen. Hierher kam er nur zum Arbeiten.«

Garibaldo packte ihn am Kragen und zog ihn vom Schemel hoch.

»Ich weiß, was für eine Arbeit er hatte, du Arschloch!«, schrie er. »Und hör auf mich zu verarschen, denn ich bin nicht zum Spaß hergekommen.«

Er ließ ihn los, und der Mann versteckte wieder sein Gesicht unter der Schirmmütze.

»Was willst du?«

»Ab heute bin ich die Kontaktperson in der Gemeinde Borgo. Und jetzt erklär mir, was ich tun soll, und erzähl mir nichts von Politik, denn der Haß auf die Herrschaft liegt bei uns in der Familie, dazu brauche ich keine Ideologie.«

Der Schirm hob sich und der Mann ging zu einem Schrank an der Wand, der anstelle des Bodens eine Falltür hatte. Über eine Sprossenleiter kletterten sie in den Keller hinab.

»Da«, sagte der Mann mit der Schirmmütze und zeigte auf einen Stapel Zeitungen. »Fünfzig davon sind für dich.«

»Ich kann auch doppelt soviel mitnehmen«, sagte Garibaldo.

Der Mann mit der Schirmmütze verzog das Gesicht. »Übertreib nicht gleich, es ist ja dein erster Abend. Lerne erst einmal. Die Ware läßt sich schwer an den Mann bringen. Vuretti hat sie auch vom Kiosk aus vertrieben, du mußt sie herumtragen.«

»Und die Decknamen?«, fragte Garibaldo.
Das Gesicht verschwand wieder unter der Schirmmütze.
»Junger Mann, willst du vielleicht auch noch einen Lautsprecher, damit du dich auf die Piazza stellen und Werbung machen kannst?«, sagte er mit heiserer Stimme. »Los, hau ab! Und schau, wie du zurechtkommst, blöd scheinst du ja nicht zu sein.«
Aber bevor er ging, rief ihn der Mann mit der Schirmmütze noch einmal zurück. Er hatte einen Bleiwürfel mit dem Buchstaben C in der Hand, der in der Mitte entzweigebrochen war.
»In Borgo«, sagte er, »gibt es noch eine Kontaktperson. Sie hat die zweite Hälfte des Würfels. Aber ich kenne sie nicht, es kann sein, daß sie sich gar nicht blicken läßt, vielleicht hält sie sich bedeckt.«

Zur Eröffnung eine tragische Farce

Das *Splendore* war fertig. Es war ein Lichtspieltheater geworden, in die Bühne war eine Leinwand eingelassen, und links und rechts davon befand sich eine gemalte Girlande mit Blumen und Obst. Das Parkett war mit Holz verkleidet, und die Stühle waren auf der Rückseite mit kleinen blauen Emailschildchen numeriert, die aussahen wie Augen; die ungeraden Zahlen befanden sich links, die geraden rechts: dreihundert Plätze. Und eine Galerie mit einem Geländer aus bemaltem Schmiedeeisen. Die Leute sagten: »Diese Woche wird es eröffnet.«

»Wann?«
»Am soundsovielten.«
Und die Leute fragten sich: Was werden sie spielen? Einen Film, ein Theaterstück? Und wenn, was für ein Theaterstück? Eine Komödie, ein Drama, eine Farce? Es war nicht herauszukriegen. Und dann tauchte das Plakat auf, auf dem Cabiria mit verdrehten Augen zu sehen war; es war schon etwas vergilbt, und die Ekken waren umgeknickt.
»Sie spielen ihn! Diesmal spielen sie wirklich *Cabiria!*«
Am Abend davor war Asmara sehr aufgeregt. Sie bestickte in aller Eile einen blauen Kragen, den sie zu dem Anlaß tragen wollte.
»Es ist ein faschistischer Film«, sagte Garibaldo. »Der Film eines Faschisten. Wieso gehst du hin?«
»Ich gehe gern ins Kino«, antwortete Asmara, »und ich habe erst so wenige Filme gesehen.«
Am nächsten Tag war die Piazza voll. Es waren sogar Leute von auswärts gekommen, aus den Dörfern der Umgebung. Viele hatten sich feingemacht, man sprach über alles mögliche. Das Kino versetzte alle in Hochstimmung. Aber das *Splendore* blieb geschlossen. Die Viktoria von Samothrake trug einen Lautsprecher um den Hals, und es sah aus, als würde sie von einem Augenblick zum anderen verkünden:
»Somit erkläre ich das Lichtspieltheater *Splendore* für eröffnet.«
Statt dessen hörte man eine schleppende Stimme, und die Piazza verstummte sofort. Die ersten Worte lauteten:

»Soldaten zu Land und zur See!«
Das war die erste Aufführung im *Splendore.* Und auch die letzte, denn der Krieg war ausgebrochen.

Die Sache ist wichtiger als die Verlobte!

Garibaldo verbrachte ein schwieriges Jahr, voll Angst und banger Erwartung, aber die Kontaktperson tauchte nicht auf. Manchmal getraute er sich nicht im Haus zu schlafen, und er nahm den Trommelrevolver, den er gekauft hatte, als er beim französischen Zirkus war, und ging in den Heuschober hinaus. Asmara erkannte an seinem Gesicht, daß ihn etwas bedrückte, und fragte ihn besorgt.
»Was ist los, Garibaldo, erzähl, hab Vertrauen zu mir.«
»Laß mich in Ruhe«, antwortete Garibaldo. »Ich habe Sodbrennen.«
Eines Abends, als er nach Hause kam, fand er ein Kärtchen unter der Tür. Er öffnete es voll ängstlicher Erwartung. Aber es war nur die Kontaktperson, die in Druckbuchstaben schrieb:

ICH HABE KEINE LUST, MICH DIR VORZUSTELLEN. LEG NÄCHSTEN SAMSTAG DIE HÄLFTE DER ZEITUNGEN IN DEN GARTEN ASMARAS, UNTER DEN ROSENSTRAUCH. GEZEICHNET: DIE KONTAKTPERSON AUS BORGO

Er verbrachte eine Woche voller Angst. War das eine Falle? Und außerdem schien die Kontaktperson ihn gut zu kennen, sie wußte, daß er mit Asmara zusam-

men war. Warum hatte sie sich ausgerechnet diesen Ort ausgesucht, um das Material abzuholen, so daß auch noch eine dritte Person mit hineingezogen wurde, wenn sie entdeckt würden? Er beschloß, es nicht zu tun.
Eine Woche später fand er beim Nachhausekommen wieder ein Kärtchen. Diesmal duldete der Ton keinen Widerspruch:

DU TROTTEL. ICH HABE ZEHN JAHRE LANG MIT GAVURE ZUSAMMENGEARBEITET, UND ES IST IMMER GUTGEGANGEN, UND JETZT KOMMST DU UND ERLAUBST DIR, ZU TUN, WAS DU WILLST. LEG DIE ZEITUNGEN DORTHIN, WO ICH ES DIR GESAGT HABE, DU TROTTEL, UND LASSDIR GESAGT SEIN, DIE SACHE IST WICHTIGER ALS DEINE VERLOBTE.

Er blieb ihm nichts anderes übrig, als zu gehorchen. Außerdem tappte er völlig im dunklen: Eine Zeitlang hatte er an Guidone gedacht, aber er konnte es nicht sein, denn man hatte ihn nach Rußland geschickt.

Ein Hut an der Tür

»Sie wissen, wo er ist, und Sie müssen es mir sagen.«
Melchior stand mit gespreizten Beinen an der Tür, er schwankte wie ein Betrunkener. Aber Asmara sah, daß es Wut und Neid und Liebe waren, die kein Ventil fanden.

»Komm rein, du Trottel«, sagte Asmara.

Zum ersten Mal in diesem feindlichen Haus, das er so gerne eingenommen hätte, nahm er Platz wie ein Parteibonze: mit übereinandergeschlagenen Beinen und einer Hand an der Weste.

»Ich muß Sie darauf aufmerksam machen, dies ist kein freundschaftlicher Besuch. Ich habe Garibaldo beim deutschen Befehlshaber angezeigt. Wegen Subversion.«

Asmara ging auf ihn zu und versetzte ihm eine Ohrfeige.

»Asmara«, stotterte Melchior bleich.

Mit feuchten Fingern suchte er in der Tasche nach einer Zigarre, die ihm Halt geben würde. Asmara versetzte ihm noch eine Ohrfeige, und Melchior kauerte sich zitternd auf den Boden. Sie spürte, daß er sanft ihre Beine umklammerte, weinend. Er sagte, er habe nicht länger zuschauen können, der Lümmel habe ihn dazu gezwungen, er habe es zu weit getrieben, er blamiere ihn vor den Deutschen, jeden Tag klebte ein neues Plakat auf dem Denkmal, auf dem er sie als Mörder bezeichnete, sie lächerlich machte und zur Rebellion aufrief.

»Steh auf«, sagte Asmara. »Steh auf und verschwinde.«

Melchior faßte sich, strich sich die zerzausten Haare glatt, blickte in den Spiegel.

»Asmara, ich ... in den vielen Jahren habe ich nie den Mut gefunden, Ihnen zu sagen ...«

»Verschwinde«, sagte Asmara, »verschwinde.« Sie hatte die Schere in der Hand und klapperte damit.

»Verschwinde, bevor ich eine Dummheit begehe, ich will mir nicht die Hände schmutzig machen.«
Melchior vergaß seinen Hut am Nagel im Vorzimmer.

Brot und Pfannkuchen

»Sie suchen dich«, sagte Asmara düster. »Wenn sie dich kriegen, bringen sie dich um.«
Garibaldo zündete sich eine Zigarette an, und sein Blick wanderte hoch auf den Gipfel des Berges.
»Letzte Woche«, sagte er, »habe ich geträumt, daß wir uns lieben.«
»Ich glaube, es dauert nicht mehr lange«, antwortete Asmara. »Ich habe Beschwerden, die könnten dir recht geben. Hab noch ein wenig Geduld.«
»Aber warum nicht gleich?«, insistierte Garibaldo.
»Ich muß ein Horoskop überlisten, mehr kann ich dir nicht sagen.«
Garibaldo rührte sich nicht vom Tor weg.
»Sie suchen dich, kapierst du das endlich?«
»Die finden mich nicht, die Hurensöhne. Du wirst sehen, wie sie durchdrehen.«
Wutentbrannt suchten sie das ganze Dorf nach ihm ab, Zentimeter um Zentimeter. Der Verbandsführer lief wie wild umher, ununterbrochen schlug er die Hacken zusammen. Sie öffneten Kellertüren, vor denen jahrhundertealte Spinnweben hingen, sie durchstöberten Fässer voller Ratten, stachen in alle Matratzen in Borgo; Garibaldo war nicht zu finden.
Asmara besuchte ihn jeden Abend. Sie legte Rosen

vor Quartos Bild und kniete nieder, um sich betend mit ihm zu unterhalten.
»Gibt es Neuigkeiten?«, fragte Garibaldo jenseits der Grabplatte.
»Wir sind allein, in ihrer Gewalt. Sie durchkämmen das ganze Dorf, sie haben die Männer verschleppt. Sie brauchen nur eine alte Flinte zu finden, und schon erschießen sie die Leute. Sie bringen sie in die trockengelegten Sümpfe, und wenn sie tot sind, werfen sie sie in die Gräben. Und wie geht es dir?«
»Ich schlafe gut. Quartos Sarg braucht wenig Platz. Sie haben ihn wirklich kleingehackt.«
»Hast du Appetit?«
»Was hast du mir gebracht?«
»Brot und Pfannkuchen.«
Sobald es Nacht war, drehte Garibaldo die Platte um und holte Brot und Pfannkuchen aus den Rosen. Wenn es nicht mondhell war, gestattete er sich einen Spaziergang zwischen den Gräbern und verrichtete hinter der Mauer seine Notdurft. Eines Abends bat er um Papier und Füllfeder.
»Wie willst du schreiben?«, fragte Asmara.
»Ich habe eine Kerze, mach dir keine Sorgen.«
Asmara warf die für Melchior bestimmte Karte in den Postkasten. Garibaldo hatte sich für eine Karte entschieden, damit auch der Postbote den Text lesen konnte und dem ganzen Dorf davon erzählte.

Verbandsführer, du Schwein,
bald wird dein Begräbnis sein.
Garibaldo

»Melchior schäumt vor Wut«, sagte Asmara am übernächsten Abend.
Der Verbandsführer war wirklich außer sich. Er lag im Bett und war so wütend, daß sich sein Bauch aufgebläht hatte vor grünlichen Winden. Sein Bauch war so groß, daß er aussah wie eine Kröte.
»Sie haben Einberufungen angeschlagen«, sagte Asmara.
»Einberufungen?«
»Ja, sie kleben an allen Mauern des Dorfes. Sie raspeln Süßholz mit den Deutschen, sie verhaften alle, sogar die Alten.«
Garibaldo hatte das Gefühl, an der abgestandenen Luft in seiner Zelle ersticken zu müssen.
»In den Bergen sind die Partisanen«, fuhr Asmara fort. »Wenn du sie erreichst, können sie dir nichts mehr tun. Guidone ist aus Rußland zurückgekehrt, mit einer Friaulerin. Don Milvio hat sie im Pfarrhaus versteckt, heute nacht schlagen sie sich zu den Partisanen durch.«
»Ich gehe auch«, sagte Garibaldo.
»Komm zuerst zu mir, um dich zu verabschieden«, sagte Asmara. »Ich habe eine Überraschung für dich.«

Fünfzig Kilo

Guidone kam in Schuhen vorwärts, auf denen echter russischer Staub lag, und sofern er es bis nach Hause schaffte, würde er ihn bis dorthin tragen: ein Schwur vielleicht oder eine Verwünschung, oder der Versuch, sich mit Hilfe eines vergänglichen Andenkens an das heimatlose Gesicht eines russischen Soldaten zu erinnern, das dank des Frosts, das ihn zu Glas hatte erstarren lassen, unversehrt geblieben war. Ihm verdankte er seine Schuhe, und seine gespreizten Beine, die wie Kompaßnadeln nach Westen zeigten, hatten ihm noch dazu den Weg gewiesen.

Er blieb stehen, um darüber nachzudenken, wie mager er war, er dachte, er bräuchte nur die Schuhe auszuziehen, um sich im Gegenwind in die Lüfte zu schwingen und in die Schlucht hinunterzuschweben, eine vielversprechende Matratze aus Nebel. Aber er tat es nicht. Statt dessen ließ er einen Harnstrahl hinunterfallen und verzog den zahnlosen Mund zu einem Lächeln, das kein Gegenüber fand. Mit fünfzig Kilo war Guidone nicht mehr er selbst, aber der Weg, der im Schnee hinunterführte, war der Weg nach Hause, und unten im Tal rauchte ein italienischer Kamin.

Nackt, neben dem Feuer und im Gegenlicht hob sich Guidones Geschlecht auf monströse Weise von seinem dürren Körper ab.

»Er ist genauso dick wie deine Beine«, sagte die Friaulerin mit wohligem Schauer.

»Es sind die Beine, die so dünn sind«, antwortete Guidone, der trotz der Decke zitterte.

»Du kannst bleiben«, sagte die Friaulerin, »aber nicht gratis.«

»Und womit soll ich dich bezahlen?«, fragte Guidone.

Die Friaulerin blinzelte in Richtung Bett.

»Ich bin immer allein, hier kommt nie jemand vorbei, auch vor dem Krieg kam kaum jemand vorbei, aber jetzt...«

»Ich glaube nicht, daß ich es schaffe«, sagte Guidone, »ich bin weder kräftig genug, noch steht mir der Sinn danach.«

»Jetzt essen wir erst einmal«, sagte die Friaulerin.

Mit dem Wein und der Wärme vergaß Guidone die russische Kälte und seinen mageren Körper. Die Friaulerin zog das Bett zum Kamin und legte sich ein Kissen auf die Brust.

»Was machst du da?«, fragte Guidone.

»Du würdest mir weh tun mit deinen spitzen Rippen.«

Guidone legte sich auf sie, hin- und hergerissen zwischen dem Wunsch nach Schlaf und dem Verlangen nach einer Frau.

»Ich schaffe es nicht«, versuchte er einzuwenden.

»Ach was!« lachte die Friaulerin, machte ein Hohlkreuz und umarmte ihn.

An dem Abend, als sie in Borgo ankamen und geradewegs zu Asmara gingen, waren es noch genau sechs Monate bis zur Geburt ihres Sohnes. Und er sollte in einer Hütte geboren werden, die noch armseliger war als die, in der seine Mutter gewohnt hatte: in einer zugigen Hütte mitten in den Bergen, in der die Partisanen ein Lebensmittellager angelegt hatten.

Es war eine Nacht mit zunehmendem Mond, der den Friedhof hell erleuchtete, als stünde er auf der Seite der Kollaborateure. Garibaldo wollte gerade hinausklettern, als er das Tor knirschen hörte. Es war ausgeschlossen, daß Asmara noch einmal kam. Asmara kam immer durch das kleine seitliche Tor, durch das man zwischen Zypressen und hohem Gras zum Massengrab gelangte, und dann bog sie auf den Weg ein, der von hinten zum Dorf führte. Er legte das Auge an das kleine Loch unterhalb des Grablichts, aber sein Gesichtsfeld war so eingeschränkt, daß er nur die Kapelle und den Unterstand sah, wo der Friedhofswächter zu Allerseelen Nelken und Kerzen verkaufte. Der Grabstein auf dem hohlen Boden des Korridors übertrug das Geräusch der Schritte. Vier oder fünf Männer. Das Geräusch verwandelte sich in eine leichte Schwingung, die ihn am Ohr kitzelte, und das Loch wurde von einem allzu nahen Körper verdunkelt.
»Ist es das da?«, fragte gebieterisch eine Offiziersstimme in gutem Italienisch.
»Ja, das«, antwortete eine kurzatmige Stimme in normalem Italienisch. Der, dem die Stimme gehörte, zog Rotz durch die Nase und spuckte aus.
Garibaldo spürte Bäche eiskalten Wassers, über den Rücken und unter den Achseln. Während das Wasser langsam an ihm hinunterlief, überfiel seinen Körper eine Lähmung. Er versuchte die Finger zu bewegen, aber sie waren steif, wie aus Marmor. Die Todesangst ließ ihn unnütz klare Gedanken fassen.

»Das ist Melchiors Idee. Er hat es erraten, der Hund.«
»Runterreißen«, sagte die deutsche Stimme.
Der erste Schlag mit dem Gewehrkolben übertrug sich direkt vom Marmor auf seine Zähne.
»Schneller«, sagte die deutsche Stimme.
Die niederprasselnden Schläge vom Marmor auf die Zähne durchzuckten sein Hirn wie eine Reihe Elektroschocks. Mit derselben Klarheit, die ihn den Namen seines Verräters erraten hatte lassen, verspürte er eine sinnlose Wut darüber, daß er steif sein würde wie ein Stockfisch, wenn sie ihn fänden, und unfähig, auch nur einen Finger zu rühren.
»Das ist die Nervenanspannung«, faßte er müßig einen Gedanken. »Im Grunde habe ich sie jeden Abend erwartet.«
Das Licht der Taschenlampe drang durch das kleine Loch und schnitt mit einem ganz feinen Strahl das Parallelepiped des Grabes entzwei.
»Da ist niemand«, sagte die kurzatmige Stimme.
»Zieht den Sarg heraus«, unterbrach ihn die schneidende deutsche Stimme.
Erst jetzt begriff Garibaldo, daß sie im Grab daneben suchten. Melchior, dieser Hund, hatte sich geirrt, er hatte das Grab seines Vaters angegeben. Das eiskalte Wasser wurde plötzlich so heiß, daß es verdampfte und er von einer Dunstwolke umgeben war.
Er hörte, wie der Sarg mit einem dumpfen Geräusch auf den Fliesenboden plumpste; eine Maschinengewehrsalve ließ das Holz erzittern.
»Aufmachen«, schrie die deutsche Stimme.
Die Gewehrkolben rissen den Deckel auf.

»Ist er das?«, fragte die deutsche Stimme.

»Nein«, sagte eine andere Stimme, »der ist schon lange tot.«

»Schwein«, sagte die kurzatmige Stimme. Und Garibaldo wußte nicht, wen er damit meinte. Als sie sich davonmachten, schossen sie wie verrückt auf die Grabsteine in den Korridoren, sie hatten ihre Freude an dem makabren Billardspiel, bei dem die Kugeln von den Marmorplatten abprallten. Garibaldo zog sich die Schuhe aus und drehte die Platte um; er ging lieber barfuß, denn er hatte sich angepißt und die Schuhe quietschten. Sein Vater, der eben zum zweiten Mal umgebracht worden war, war vor Würmern und Verwesung verschont geblieben. Seine Haare waren weiß geworden, er hielt noch immer die Uhr in der Hand, und zwar so fest, daß nicht einmal die Maschinengewehrsalven die Umklammerung hatten lösen können. Mit den Schuhen in der Hand schlüpfte Garibaldo durchs seitliche Tor und trat ins hohe, dunkle Gras. Er hatte keine Lust, bei Asmara vorbeizuschauen, und außerdem graute über dem Meer schon der Morgen. Er lief ins Feld und streckte sich in der Hirse aus und betrachtete den heller werdenden Himmel. Er hatte einen Tag im Gras verdient, nach so vielen Tagen im Zement.

Asmara erwartete ihn im Wohnzimmer, die Fenster waren verdunkelt; sie trug ein besticktes Nachthemd. Als sie ihn hereinkommen sah, sprang sie auf; nach einem Monat in dem feuchten Grab war er noch bleicher als gewöhnlich, er sah aus wie ein Gespenst mit Feuer auf dem Kopf.

»Ich habe dich gestern abend erwartet.«

»Gestern abend konnte ich nicht.«

»Gehen wir ins Schlafzimmer«, sagte Asmara.

Das Bett war frisch gemacht und mit bestickten Laken bezogen. Garibaldo sah sie verständnislos an.

»Der Augenblick ist gekommen«, sagte Asmara.

Auf den bestickten Laken verlor sie ihre verblühte Jungfräulichkeit, sie liebte ihn, als ob es sich um eine vergessene Pflicht handelte, als hätte sie sich mit ihrer eigenen Entscheidung abgefunden. Schließlich beschloß sie zu reden.

»Ich habe das Horoskop überlistet«, sagte sie. »Ich bin alt.«

»Das stimmt nicht«, sagte Garibaldo.

»Oh doch«, antwortete Asmara, »seit einem Monat.«

»Wie das?«

»Vielleicht war es die Angst«, sagte Asmara. »Oder die Willenskraft. Du kannst dir ja gar nicht vorstellen, wie sehr ich darüber nachgedacht habe, wie ich das Horoskop überlisten könnte.«

»Was für ein Horoskop denn?« fragte Garibaldo. »Würdest du mir endlich erklären, was das Ganze bedeutet?«

»Inzwischen ist es nicht mehr wichtig«, fuhr Asmara fort. »Vergiß es, es ist Schnee von gestern.«
Sie begleitete ihn zum Tor, wie früher.

Die Glocke schmilzt

Die SS veranstaltete die Hölle auf Erden, genauso wie Don Milvio am Sonntag von der Kanzel die Hölle immer beschrieben hatte: eine Wand aus hohen knisternden Flammen, voll von Schreien. Aber es war ein künstliches Feuer aus Benzin, und sie entfachten es in der Kirche, und das Knistern war das Knattern der Maschinengewehre, die Feuer auf Feuer spuckten.
Es geschah am Abend, in der Dämmerung. Die SS schwärmte fächerförmig aus, ein Paar pro Straße. Borgo lag in völligem Schweigen, verängstigt angesichts der fremdländischen Schreie. Die Stiefel blieben an der Schwelle stehen, und die Karabiner klopften an die Tür. Die Bajonette stachen in die Strohsäcke.
»Es sind keine Männer da, keine da.« Sie breiteten die Arme aus. Die Männer waren alle in den Bergen.
Die Mündungen der Karabiner trieben sie auf die Piazza. Es war ein ungeordneter Haufen, und die Frauen zogen die Kinder an der Hand.
»Es ist besser, wenn ihr nicht weint, Frauen«, sagte Nerina, die ein hinkendes Kind hatte. »Die halten keine Tränen aus, wer weint, den bringen sie um.«
Sie standen rund um das Denkmal, Schulter an Schulter, um sich Mut zu machen, und der Offizier,

der alles wissen wollte, was sie nicht wußten, stellte ihnen ein Ultimatum.
»Wer spricht für die anderen?«
Das Stimmengewirr verstummte.
»Gut«. Er nickte.
Don Milvio wachte durch das dumpfe Krachen der Benzinkanister auf, die gegen die Wände der Kirche rollten, weil sie ihnen Fußtritte versetzten. Und dann hörte er ein Brausen wie von einem starken Wind und das Prasseln eines biblischen Regens. Ein Blitz leuchtete auf, auf den kein Donner folgte, und erhellte das Zimmer, als wäre bereits der Tag angebrochen.
»Ein Gewitter«, dachte Don Milvio, und trat ans Fenster.
Die Flammen schlugen ihm so heftig entgegen, daß er zurückwich. Er schrie wie ein Verrückter, aber seine Stimme wurde vom Feuer verschlungen. Im Nachthemd lief er durchs Pfarrhaus, stürzte in den Glockenturm und hängte sich an die Seile. Aber die Glocke gab nur einen dumpfen Klang von sich, ein Ächzen, das nicht ausreichte, das Geknister des Feuers zu übertönen. Da stieg er die Wendeltreppe hinauf, keuchend und über sein Nachthemd stolpernd, um den Glockenschwengel zu lösen, denn er glaubte, der Mesner habe ihn festgebunden, bevor er starb. Doch er mußte feststellen, daß die Glocke schmolz: ein riesiger, schlaffer Kegel wie ein eingetunkter Keks.
»Die Glocke schmilzt aus Solidarität«, sagte Don Milvio zur Magd, die ihn im Pfarrhaus erwartete. Ihre Lippen wollten ein Gebet formulieren, erstarrten aber vor Schreck bei den ersten Worten.

Die Flammen erleuchteten das Dorf taghell. Mittlerweile waren sie bläulich geworden, denn wegen der Hitze mußten die Grabplatten von den im Boden eingelassenen Gräbern gesprungen sein, und die alten Toten verbrannten zusammen mit denen, die man erst vor kurzem begraben hatte. Von der schmelzenden Glocke begann es jetzt herunterzutröpfeln, und es dauerte die ganze Nacht an. Jeder Bleitropfen, der aus fünfzig Metern Höhe auf den Boden des Glokkenturms fiel, klang wie ein unheimliches Totengeläut und verursachte einen hohen Ton, wie man ihn noch nie gehört hatte. Das Geläute war in der ganzen Ebene zu hören, in einem Umkreis von mehreren Dutzend Kilometern. Am Morgen, als die Kirche nur mehr ein Stoppelfeld war, über das Rauch zog, stieg Don Milvio auf den Glockenturm hinauf und fand nur noch den eisernen Glockenschwengel vor, der der Hitze standgehalten hatte.

Migration

Es heißt, in der Morgendämmerung dieses Tages seien die Fenster davongeflogen. Zuerst hätten sich die Fenster des Pfarrhauses in die Luft geschwungen und seien über der Piazza gekreist, um ihre Gefährtinnen zusammenzurufen. Dann hätten sich der Reihe nach alle Fenster aus den Fensterstöcken gelöst und seien dem Ruf der Anführerin gefolgt, in einem bebenden Schwarm, dem ein paar Nachzüglerinnen folgten. Auf ein Zeichen der Anführerinnen hin flogen sie in Richtung Westen davon. Sie flogen tief und bewegten die Fensterläden im langsamen Rhythmus eines weiten und ruhigen Flugs auf und ab, wie Wildgänse. Im Flug gegen den Wind pfiffen sie wie grüne Vögel. Bald waren sie nur noch eine zarte Linie und verloren sich in Richtung Meer. Die leeren Augenhöhlen der Häuser erklärten die Kapitulation.

Libyen

»Es ist Asmara!«, schrie die Wache zwischen den Felsen. »Es ist eine aus Borgo, ich kenne sie, nicht schießen!«

Die Männer standen auf und löschten das Feuer, weil sie es gewohnt waren, vorsichtig zu sein.

»Asmara?«, sagte Garibaldo zu sich. »Was kann sie nur wollen?«

Sie war es wirklich, sie war deutlich zu erkennen, wie sie im niedrigen Gebüsch näherkam, und ihre schwarzen Haare wehten im Märzwind, zwischen den Ginsterbüschen. Sie hatte einen Pappkoffer bei sich und trug eine Soldatenhose. Garibaldo lief ihr entgegen.

»Was willst du hier?«

Asmara stellte den Koffer auf den Boden und wischte sich den Schweiß ab.

»Ein Zweifel hat mich überkommen«, sagte sie.

»Was für ein Zweifel?«

»Ein Zweifel eben.«

»Würdest du mir endlich erklären, was das alles zu bedeuten hat?«

»Nur mit der Ruhe, Garibaldo«, sagte Asmara. »Wenn du wüßtest, wie sehr ich mich beherrschen habe müssen. Obwohl ich so ungestüm bin.« Sie zog die Hose hoch, die ihr zu weit war und rutschte.

»Ich will nicht zusehen, daß du mit dreißig stirbst, das ist alles. Und jetzt stell keine Fragen mehr.«

»Aber es ist fast zwanzig Jahre her, daß ich dreißig war«, sagte Garibaldo.

»Ach, auf ein paar Jahre mehr oder weniger kommt es nicht an. Hin und wieder nimmt es die Zeit nicht so genau bei diesen Dingen.«

Sie nahm den Koffer und ging entschlossen weiter. »Jedenfalls bin ich ab heute Partisanin.«

Garibaldo hielt sie am Arm fest und setzte sich auf einen Stein.

»Wir haben die Totenglocke gehört. Die Berge waren hell erleuchtet von dem Schein, der aus der Ebene kam.«

»Es war in Borgo«, sagte Asmara leise. »Sie haben die Leute verbrannt.«

»Und wie bist du davongekommen?«

»Ich war bei Melchior, ich habe die Nacht bei ihm verbracht.«

Sie blickte in die Ferne, während sie sprach, als erinnerte sie sich nur ungern.

»Was hat er dir getan?«

»Er ist im Morgengrauen gestorben.«

»Hast du ihn umgebracht?«

»Das war nicht mehr nötig, er lag schon während der Nacht im Sterben. Am Morgen war sein Erbrochenes grün.«

»Erzähl«, sagte Garibaldo.

Asmara setzte sich auf einen Stein. Inzwischen war es taghell.

»Es war acht Uhr, als man zum ersten Mal die Stiefel auf der Straße hörte. Zwei Lastwagen voller Benzinkanister sind vorgefahren und wurden auf dem Platz vor der Kirche abgeladen. Ich dachte: Die wollen hier ein Blutbad anrichten, und ich bin hinausgelaufen, um es den anderen zu sagen. Ich lief von Tür zu Tür: Ich bin Asmara, habe ich gesagt, die wollen hier ein Blutbad anrichten. Ich habe ungefähr hundert zusammengetrommelt und sie hinter den Garten geführt, ins Schilf im Graben. Beeilt euch, beeilt euch. Die Frauen haben den Kindern den Mund zugehalten, damit sie nicht weinten. Als ich sie eingeholt habe, habe ich zu ihnen gesagt, sie sollten den Graben entlanggehen, zum Meer, irgendwohin: bloß weg, weit weg. Ich käme später nach, habe ich gesagt, ich müßte noch etwas erledigen. Ich bin in den Keller gegangen, um etwas zu holen, habe aber nichts gefunden außer der Axt. Also habe ich die Axt genommen. Ich ging die Mauer entlang, mit der Axt auf dem Rücken, von der Piazza her hörte man schon die Schreie. Ich habe mich als Tod verkleidet, dachte ich. Ich dachte an ihn, der an dem Ganzen schuld ist, verdammt soll er sein. Ich bin zu seinem Haus gegangen, die Tür stand offen. Schon alles finster. Seine Schergen sind schon weg, habe ich gedacht, sie schauen schon beim Hexensabbat zu, die Totengräber. Auf Zehenspitzen schleiche ich die Treppe hinauf. Die Tür zu seinem Zimmer steht halb offen, ich gehe hinein, und er liegt im Bett, mit Schaum vor dem Mund und den Blick an die Decke geheftet. Er sieht mich an, sieht die Axt und lächelt unter dem Schaum. Lach nicht, sage ich, denn ich bin gekommen, dich umzubringen, du Hurensohn. Er lächelt noch immer und sagt, nicht mehr notwendig, mit einem Zwinkern zeigt er auf ein Fläschchen auf dem Nachttisch, er hatte es zur Gänze ausgetrunken. Da hast du dir das richtige Gift ausgesucht, sage ich, denn du bist auch eine Ratte, eine schmutzige Kanalratte. Ich bin zum Fenster gegangen und habe es weit aufgerissen. Schau, sage ich zu ihm, schau, du verdammte vergiftete Ratte, was deine Kumpanen angerichtet haben. Der Feuerschein drang herein wie die Strahlen einer roten Sonne. Von hier aus sah man die Kirche von der Seite, obwohl sie weit weg war, schien sie nur ein paar Schritte entfernt zu sein, als stünde sie direkt vor dem Fenster. Ein heißer Wind hatte angehoben, wie vor einem Sturm, er blähte die Vorhänge wie Segel. Dann brachte eine Maschinengewehrsalve das Gewimmer zum Schweigen. Was ist das?, fragt er. Das ist dein Libyen, sage ich zu ihm. Er hat zu weinen begonnen, er schluchzte. Ach, jetzt weinst du, sagte ich, jetzt weinst du. Ich habe die ganze Nacht am Fenster verbracht. Er ist eingeschlafen. Ich habe ihn gerüttelt und hochgezogen. Du mußt im Wachen sterben, habe ich zu ihm gesagt, und dich eine Ewigkeit daran erinnern. Er wollte, daß ich seine Hand halte. Er begann wieder zu schluchzen. Warum habe ich nie den Mut dazu gehabt?, stotterte er. Sein Gesicht war plötzlich aufgedunsen, er

sah aus wie ein Luftballon bei einem Fest. Auch die Hände: zwei kleine Ballons. Er konnte sich nicht mehr rühren, ganz steif lag er auf seinen Kissen und blickte hinaus. Schließ mir die Augen, sagte er zu mir, um Himmels willen, schließ mir die Augen. Was hättest du getan?«
Garibaldo stocherte mit einem Ast in dem Teich aus Spucke, der sich am Boden gebildet hatte.
»Das, was du getan hast.«
»Ich habe ihm die Augen geschlossen. Der Tag war schon angebrochen.«

Und in einem Tag war der Krieg zu Ende

Die Befreier betraten ein totes Dorf. Auch die Lebenden wären am liebsten tot gewesen und traten nicht auf die Schwellen. Die Soldaten, die unverständliche Sprachen sprachen, mußten in die Häuser hineingehen und mit Händeschütteln und Umarmungen kundtun, daß der Krieg zu Ende gegangen war, an einem einzigen Tag.

Aus Verdruß oder infolge des Alters

Sie mußten das Kloster durchsuchen, so lautete der Befehl, weil sich dort unter Umständen ein paar versprengte deutsche Soldaten versteckt hielten, die plötzlich auftauchen und aus reiner Verzweiflung noch ein Blutbad hätten anrichten können. Aber die

Soldaten zögerten am Tor, denn wenn das Schlimmste vorbei ist, hat man vor allem Angst. Sie hielten die Maschinengewehre schußbereit, mit nervösen Fingern, ein paar rauchten.

»Macht die Zigaretten aus«, sagte der amerikanische Offizier.

Das Tor gab beim ersten Stoß nach, es stand halb offen, als wartete es auf Besuch, und der Kreuzgang lag plötzlich sperrangelweit vor ihnen. Ihr erster Gedanke war, sich auf den Boden zu werfen, aber sie waren so überrascht, daß sich keiner rührte. Sie hatten erwartet, einem verzweifelten Deutschen gegenüberzustehen, statt dessen fanden sie nur Verwahrlosung und Unkraut vor. Auf einen Wink des Offiziers hin stellten sie sich im Halbkreis auf und rückten vorsichtig vor, mit dem Maschinengewehr im Anschlag, sie bemühten sich, nicht auf dürre Äste zu treten; sie durchkämmten das Unkraut und verjagten die Nattern und Eidechsen, die hier ungestört genistet hatten. Als sie sich unter dem Dach der Glocke wieder trafen, noch immer auf der Hut, atmeten sie auf und warteten auf weitere Befehle.

»Verteilt euch paarweise«, sagte der Offizier.

Der Reihe nach betraten sie die Vorhalle, beinahe hätten sie das Feuer auf die bleiche Marmorstatue des Heiligen Vinzenz eröffnet, der ihnen im Halbdunkel als verzweifelter Deutscher erschien. Zwei drangen in den kleinen Saal daneben vor, ein dunkles Zimmer mit Gewölbe und schwarzweiß gekacheltem Boden; sie wichen vor dem strengen Muster des Holzgitters zurück, das früher einmal die Grenze zwischen denen markiert hatte, die sich von der Welt zurückgezogen hatten, und jenen, die sich noch in ihr aufhielten. Hinter dem Gitter schien ein Schatten davonzuhuschen, und schon ging eine Maschinengewehrsalve los: Die Splitter prasselten gegen die Wände, und durch die Löcher, die sich im Holz öffneten, sah man einen Mantel, der an einem Nagel hinten an der Wand hing und wer weiß wann dort vergessen worden war.

Der Weg führte weiter über einen langen Gang, zu zweit gingen sie über den Fliesenboden, wie Figuren bei einem Brettspiel, mit Bewegungen, die sie im Krieg gelernt hatten. Bei jeder Tür blieben sie stehen, mit den Mündungen der Maschinengewehre voran blickten sie hinein, sie durchsuchten alle Winkel, sagten: Hier ist auch nichts. Dann blieben sie stehen, weil einer von ihnen geschrien hatte. Der Schrei lautete:

»Hände hoch!«

»Dreh dich um«, befahl der Kamerad desjenigen, der geschrien hatte.

Die Klosterschwester saß an einem Tischchen, den Kopf auf den Armen, und blickte zum Fenster hinaus, aber sie drehte sich nicht um, als hätte sie sie nicht gehört.

»Schau nach, ob es wirklich eine Klosterschwester ist«, sagte der Kamerad desjenigen, der geschrien hatte.

Der andere machte rasch einen Sprung nach vorne, mit ausgestrecktem Arm und dem Maschinengewehr im Anschlag, und riß der Klosterschwester die schneeweiße Haube vom Kopf, die im Luftzug

wehte, der vom halboffenen Fenster her kam; von der Hülle befreit, fiel eine üppige Mähne auf die Kutte, deren Rot trotz einiger grauer Haare noch immer kräftig leuchtete. Der Kopf war aufgrund des Rucks herumgeschnellt und offenbarte ein vertrocknetes Gesicht, das aus gläsernen Augen zum Gewölbe emporstarrte. Der Mund hatte noch immer den Ausdruck des überraschend eingetretenen Todes: eine Grimasse der Starrköpfigkeit, und des Kummers über die eigene Starrköpfigkeit.
»Sie scheint aus Verdruß gestorben zu sein«, sagte der Kamerad desjenigen, der geschrien hatte.
»Aus Verdruß oder infolge des Alters«, sagte der andere.
Langsam wurde es dunkel. Einen verzweifelten Deutschen hatten sie nicht gefunden. Die einzige Verzweiflung, die sie im ganzen Kloster entdeckt hatten, lag in der unverständlichen Grimasse, auf den Lippen der toten Klosterschwester.

Die Unfehlbarkeit des Papstes ist kein Dogma mehr

Sie erfuhren, daß Don Milvio sich als Eremit in die Berge zurückgezogen hatte, jenseits der Olivenhaine, und daß er in einer Höhle schlief: einem Spalt zwischen Felsen und Efeu. Sie warteten viele Sonntage auf ihn, dann beschlossen sie, eine Prozession zu organisieren. Die Frauen versammelten sich in der Abenddämmerung am Rand des Kirchplatzes, auf dem schon schwarze Schatten lagen, mit einer Kerze in der Hand, die ein Hütchen aus Papier als Windschutz trug. Zelmira, mit einem schwarzen Tuch auf dem Kopf, führte sie an. Die Kinder, die überlebt hatten, trugen ein weißes Nachthemd und sollten Engel darstellen. Sie stiegen die Kurven des Weges hinauf, der in die Berge führte, und sangen *Bella tu sei qual sole*.

»Don Milvio, Don Milvio«, riefen sie, und blieben in einer Entfernung von hundert Metern vor der Grotte stehen. Sie stellten sich im Halbkreis auf und warteten.

Don Milvio erschien. Er hatte sich einen Schirm gebastelt, der aus seiner Kutte und vier Schilfrohren bestand und ihn vor den Sonnenstrahlen schützen sollte. Er trug eine lange Flanellunterhose und ein Hemd, aus dem seine weißen Brusthaare hervorlugten. Er hob die Arme zum Himmel, als verlangte er absolutes Schweigen.

»Ich danke euch, daß ihr gekommen seid«, rief er, »denn ihr nehmt mir eine schwere Last von der Seele, und ich konnte nicht ins Dorf hinuntergehen.«

Ein paar Minuten vergingen, als fände Don Milvio nicht den Mut zu sprechen.

»Meine lieben Pfarrkinder«, fuhr er dann mit Stentorstimme fort, »meine lieben Pfarrkinder. Ich nenne euch zum letzten Mal so, denn dies ist das letzte Mal, daß ich als euer Pfarrer zu euch spreche. Von nun an heiße ich Scrocci, Scrocci und aus.«

Die Käuzchen hinter dem großen Eisenkreuz, das man im Gedenken an eine lang zurückliegende Pil-

gerfahrt hier aufgestellt hatte, begannen zu seufzen. Sonst hörte man nur die Grillen.
»In all diesen Nächten« (Don Milvio streckte noch immer die Arme zum Himmel empor, als wollte er ihn als Zeugen anrufen) »habe ich viel nachgedacht. Ich habe Heuschrecken gegessen wie der Heilige Hieronymus und Tautropfen getrunken, um mich zu kasteien, und ich glaube, ich habe meine Wahrheiten gefunden. Eine davon werde ich euch von dieser Felsenkanzel aus verkünden, nicht um euch einen Glaubenssatz aufzuerlegen, sondern um euch einen Rat zu geben. Der Rest geht niemanden etwas an.«
Ein Murmeln ging durch die Menge, ein paar stießen sich mit den Ellbogen an, und Zelmira zischte:
»Pssst!«
Don Milvio ließ eine gute Minute verstreichen, als müßte er erst die Kraft finden, um die Wahrheiten aus sich herauszuholen. Als er wieder zu sprechen begann, war sein Ton gebieterisch.
»Meine lieben Pfarrkinder!«, rief er, »seid ein letztes Mal meine Pfarrkinder und laßt euch folgendes sagen: Die Unfehlbarkeit des Papstes ist kein Dogma mehr, und wer daran glaubt, ist ein Trottel.«
Das Echo ließ seine Worte widerhallen, als wollte es ihnen Nachdruck verleihen. Don Milvio senkte die Arme und machte eine weit ausholende Bewegung mit den Händen, er forderte sie auf zu gehen wie am Ende der Messe. Zelmira traf für alle anderen eine Entscheidung.
»Freunde waren wir ja nicht gerade«, sagte sie, »aber irgend jemand muß ja mit ihm sprechen.«

Sie löste sich aus der Mitte des Halbkreises und ging zu ihm hin. Es war bereits Abend, und sie bildeten zwei dunkle Flecken unter dem schwarzen Fleck der Kutte, die als Sonnenschirm diente. Sie sahen sie lange gestikulieren, dann ging Don Milvio entschlossen weg, winkte allen mit der Hand und schlüpfte in den Spalt zwischen den Felsen.

Sie sahen ihn nie wieder. Wenn sie hingingen, um ihn von der Öffnung aus zu rufen (»Scrocci, he, Scrocciiii!«), vernahmen sie eine Stimme, die von immer tiefer aus dem Felsen kam, als grübe sich Don Milvio wie ein Maulwurf immer weiter in die Erde. Manche schworen sogar, sie hätten unter dem Fußboden ihres Hauses etwas schaben gehört, und versicherten, es sei Don Milvio gewesen, der sich auf seiner Reise unter der Erdoberfläche vorwärts grub. Dann entfernte sich die Stimme so weit, daß man im Morgengrauen hingehen mußte, wenn sogar die Grillen schwiegen, und mehrmals rufen. Wenn man ein feines Gehör hatte und das Ohr auf die Erde legte, hörte man ein schwaches Seufzen und ein unbestimmtes *krrr krrr krrr*, wie von einem sehr weit entfernten Holzwurm. Er tauchte nie wieder auf, er verlor sich in den Tiefen der Welt: wie ein starrköpfiger Schiffbrüchiger ließ er sich von der Wahrheit mitreißen, die außer Zelmira niemand hatte hören dürfen.

DRITTER AKT

Gaunersprache

Sie sahen ihn am anderen Ende der Piazza auftauchen, dort wo die Straße mündete, die zum Meer führte. Es war ein Tag im Juli, und es wehte ein derartig starker Südwestwind, daß ganz Borgo in eine Staubwolke gehüllt war: der sandige Staub von den Stränden, der mehrere Kilometer über die trockengelegten Sümpfe zurückgelegt hatte, blieb glitzernd am Fuße der Hügel liegen. Garibaldo ließ sich vom Wind auf die Piazza treiben, mit einer Hand hielt er die Krempe seines Huts fest. Beim Denkmal blieb er stehen, legte den Doppelsack auf den Boden und pißte an den Sockel, wobei er von unten die prallen Unterarme der Demokratie betrachtete, die Italien aus den Händen des Helden der beiden Welten entgegennahm.

»Es ist Garibaldo«, sagte Guidone und zeigte sein lückenreiches Gebiß, weswegen er *Mangiaghiaia*, Kiesfresser, genannt wurde.

Guidone war Meister im Freistilringen gewesen und hatte eine große Karriere vor sich gehabt. Er hatte sogar einen Kampf in Frankreich bestritten. Dann hat er einen Kopfstoß in die Zähne abbekommen, sie waren innerhalb eines Monats ausgefallen, und seine Karriere war beendet.

»Es ist Garibaldo. Sie haben ihn freigelassen.«

Das Grüppchen stand unter der Laube des *Splendore*,

an dessen Fassade man inzwischen eine Bar angebaut hatte, mit einem Dutzend schmiedeeiserner Tischchen. Links neben der Eingangstür hing das Plakat des Films, mit dem das Kino vor gut zehn Jahren hätte eröffnet werden sollen. Rechts ein gelbes, handgeschriebenes Plakat.

Heute abend im Lichtspieltheater Splendor
um 21 Uhr Volksversammlung
zu den Angelegenheiten der Fabrik
Die Bevölkerung ist aufgefordert,
sich an der Diskussion zu
beteiligen

Garibaldo kam würdevoll einhergeschritten, bereit, die Hände zu schütteln, die sich ihm entgegenstreckten. Und schon scharten sich alle um ihn, denn jeder wollte wissen, was es Neues gab.
»Eigentlich sollte ich mich erkundigen, was es Neues gibt«, sagte Garibaldo. Und er betrachtete den Namen, der in Gipsbuchstaben auf der Fassade stand. Dann bemerkte er, daß das letzte E heruntergefallen war, und im Grunde klang der Name besser so, exotischer.
»Gehen wir hinein, Burschen, drinnen ist es kühler«, sagte Mangiaghiaia.
»Wir haben wieder einen neuen Herrn bekommen«, sagte Garibaldo und zwinkerte in Richtung des Denkmals.
»Tja«, sagten die anderen.
»Aber wen kümmert das noch«, sagte Garibaldo.

Sie betraten den kühlen Saal, der bereits für die abendliche Versammlung vorbereitet war. Auf der Bühne stand ein Tisch mit vier Stühlen, und eine alte Frau fegte den Boden. Sie bestellten Orangenlimonade und bereiteten sich darauf vor zuzuhören.
»Wann wird es eröffnet?«, fragte Garibaldo.
Sie ließen Mangiaghiaia antworten, der in gewisser Weise das Mädchen für alles war.
»Wenn es so weitergeht, haben wir nächstes Jahr die Raten zurückbezahlt, die Bar geht gut, beim letzten Fest der *Unità* haben wir ein Bombengeschäft gemacht.«
»Soll nur die *Casa del Popolo* einziehen?«, fragte Garibaldo.
»Es besteht der Plan, den Namen *Splendor* beizubehalten, inzwischen ist er ja in der ganzen Ebene bekannt, und darunter hinzuzufügen: *Casa del Popolo*.«
Jetzt sprach Cecchino, ein Blonder mit dem Gesicht eines Marders, ein Cousin Gavures, der für den gemeindeeigenen Schlachthof als Fahrer arbeitete.
»Wie ist es dir ergangen, Garibaldo?« fragte einer.
Garibaldo begann zu erzählen, und die Gruppe verstummte.
»Die größten Schläuche hab' ich überstanden. Ich war ein halbes Jahr im Bunker, die Zigurie voller Kimme. Aber die Hosen hab' ich nicht runtergelassen.«
Es entstand ein Stimmengewirr, ein paar ließen sich zu Ausrufen hinreißen. Er klang wie ein Ausländer.
»Das ist keine fremde Sprache, meine Lieben«, sagte Garibaldo und blies den Rauch der Zigarre aus. »Das,

meine Lieben, ist das Wunder des Jahrhunderts, man nennt es Gaunersprache.«
Und er kannte auch das Rotwelsch der Franzosen. Das hatte ihm einer aus Marseille beigebracht, der den Frack anbekommen hatte, weil er einem hohen Vieh eine auf den Zager gegeben hatte.
Als sie ihm von der Fabrik erzählen wollten, war Garibaldi zu müde, um sich noch weiter zu unterhalten. »Ich mache euch einen Vorschlag«, sagte er, »sprechen wir morgen abend darüber. Laßt mich jetzt nach Hause gehen, ich bin viel zu müde. Außerdem möchte ich Asmara überraschen.«
Er stemmte sich hoch und machte sich auf den Weg nach Hause. Er dachte an jenen Abend vor zehn Jahren, der genauso gewesen war wie dieser, an dem er zu Asmara gegangen war und ihr verkündet hatte:

Die Todt

»Ich habe Arbeit gefunden«, verkündete Garibaldo. »Es gibt eine neue Todt.«
Sie nahmen alle, ohne auf die Füße zu schauen. Es gab so viel zu tun; Wasserleitungen mußten neu gebaut werden, die Straßen, die von den Minen aufgeworfen waren, mußten neu geschottert und der Schutt mußte weggeräumt werden. Es gab sogar eine eigene Abteilung, die altes Kriegsgerät suchte, um es zu entschärfen. Dafür gab es gutes Geld; man riskierte schließlich Kopf und Kragen. Für Hilfskräfte sah die Sache anders aus: Sie wurden zur Hälfte in

bar und zur Hälfte in Naturalien entlohnt: ein Päckchen Reis, Mehl und Zucker am Tag.
»Wenn du dich dazu entschließen kannst, heiraten wir«, fuhr Garibaldo fort. »Sag mir, wann es dir paßt, dann laß ich die Papiere vorbereiten.«
Asmara schien sich wegen irgend etwas Sorgen zu machen, sie konnte sich zu keiner Antwort durchringen und sah nicht von ihrer Stickerei hoch.
»Ich bin in Trauer um die Tante«, flüsterte sie, »warte, bis sie vorüber ist. Wir haben so lange gewartet, daß wir uns jetzt auch nicht mehr beeilen müssen.«
»Aber sie ist doch schon vor drei Jahren gestorben«, erwiderte Garibaldo.
»In Kriegszeiten trägt man keine Trauer«, sagte Asmara, »man trauert in Friedenszeiten. Ich habe am Tag der Befreiung damit angefangen.«
Garibaldo fand sich damit ab zu warten. Er besuchte sie jeden Abend, wie früher. Wenn die Jahreszeit danach war, blieb er für einen Augenblick im Garten stehen, um eine Rose für sie zu pflücken. Sie liebten sich auf den bestickten Laken, mit wilder Sehnsucht nach der vergeudeten Zeit. Als Asmara beschloß, die Trauerkleider abzulegen, stellte sie ihm ihre Bedingungen, unter denen sie bereit war zu heiraten. Sie sprach mit sanfter Entschlossenheit und bat ihn zu verstehen. Sie wollte nicht ausziehen. Sie war schon alt, sie hatte immer in diesem Haus gewohnt, hier waren die Ihren gestorben, hier hatte sie so viel gewartet: so viele Nächte hatte sie hier verbracht, den Blick auf die Stickerei geheftet und den Schlägen der Pendeluhr lauschend, während die Jahre vergingen.

Garibaldo nickte:
»Wie machen wir es also?«
Offenbar hatte sich Asmara schon alles überlegt:
»Ich möchte aber auch nicht, daß du zu mir ziehst. Ich will dich hier nicht haben, und du würdest dich auch nicht wohlfühlen. Es ist besser, wenn jeder in seinem Haus bleibt.«
Aber da war noch etwas, was ihr auf der Zunge brannte.
»Wenn wir schon einmal darüber reden, mußt du mir alles sagen«, drängte sie Garibaldo.
»Ich möchte, daß alle Glocken läuten.«
»Aber wir heiraten doch nicht in der Kirche«, sagte Garibaldo. »Da wird der Pfarrer wohl kaum die Glocken für dich läuten.«
Es war unmöglich, sie umzustimmen. Hartnäckig wiederholte sie immer wieder, es sei ihr Fest, und sie würde das Glockengeläut bezahlen.
»Sonst heirate ich nicht.«
Sie wandten sich an Zelmira, damit sie mit dem neuen Pfarrer spräche: einem jungen Mann mit Pomade in den Haaren, der sich Taufen und Totenmessen sündteuer bezahlen ließ und jeden Sonntag vom Altar verkündete, daß die Kommunisten in die Hölle kämen. Die Kommunisten hätten Italien in den Ruin getrieben, denn ohne Kommunisten hätte es auch keine Faschisten gegeben, und somit auch keinen Krieg und keine Deutschen. Zum Glück gab es De Gasperi.
Zelmira hatte nur noch wenige Jahre vor sich, die Zeit begann ihr davonzulaufen: Sie hatte das Zwin-

kern aufgegeben und verständigte sich nur noch mit ihrer Stimme, die zu einem zarten Hauch geworden war.

»Glockengeläut für den Pfaffenfresser, der am Standesamt heiratet«, sagte der Pfarrer. »Niemals.«

Zelmira schickte sich an zu gehen.

»Don Milvio hatte doch recht«, flüsterte sie.

Der Pfarrer wurde bleich.

»Was soll das heißen?«, fragte er, nach Luft ringend.

»Genau das, was ich gesagt habe«, sagte Zelmira, »daß Don Milvio recht hatte.«

»Und was hat Don Milvio gesagt?« konnte der Pfarrer gerade noch flüstern, mit gespielter Ironie, als würde er sagen, na was kann er schon gesagt haben, und bei sich dachte er: jetzt lege ich sie rein und entlocke ihr das Geheimnis.

Aber Zelmira war schon an der Tür.

»Tja«, sagte sie, »gerade dir werde ich es sagen. Da hast du dich aber getäuscht.«

»Wartet«, sagte der Pfarrer.

Und so heirateten sie mit Glockengeläut.

Was bedeutet ›auf Lebenszeit‹?

Sie brachten sie in die Stadt, und es gefiel ihr, sie fuhr gern im Auto: Als sie jung war, war sie vor Ostern mit ihrer Mutter in die Stadt gefahren, in der Kutsche, um Einkäufe zu erledigen. Sie stiegen auf der mit Marmor gepflasterten Piazza aus und gingen Arm in Arm spazieren.

»Ihr müßt Euch gut waschen«, hatte man zu ihr gesagt, »sonst riecht der Bischof, daß ihr stinkt.«
Aber wie hätte er es riechen sollen, in diesem Saal voller Nelken, mit den glänzenden Fliesen und den beiden Säulen, auf denen Weihrauchbecken standen: Hier roch man nicht, daß etwas stank.
»Dort hinten ist der Bischof.«
Ganz am Ende des Gangs, der so lang war wie ein Zug; sie dachte, sie würde nie dorthin gelangen; sie mußten sie hinführen, bis zur Tür des Arbeitszimmers. »Ihr müßt ihm den Ring küssen, verstanden, Ihr müßt ihm den Ring küssen.«
»Ja, ja«, nickte Zelmira.
Aber dann vergaß sie darauf, denn der Bischof saß im Gegenlicht, und sie mußte die Augen zusammenkneifen, um ihn anzusehen; er sprach ganz leise und sie verstand nicht, denn plötzlich fingen die Glocken, die sich gleich nebenan befanden, wie verrückt zu bellen an und hörten nicht wieder auf. Und dann zündete er sich eine Zigarette an, wer hat schon je einen rauchenden Bischof gesehen, wenn sie ihn auf der Straße gesehen hätte, hätte sie gesagt, das sei gar kein echter Bischof, sondern einer, der sich als Bischof verkleidete; aber hier, inmitten der vielen Diener und Kaplane, an seinem Schreibtisch, mit dem Fenster im Rücken, das auf die Piazza ging, war es wohl wirklich ein echter Bischof.
Aber haben auch echte Bischöfe das Recht, gewisse Dinge zu verlangen? Und außerdem kommt es auf den Ton an, davon war Zelmira felsenfest überzeugt: noch dazu, wo sie so alt war, daß man gar nicht

mehr viel älter sein konnte, was bedeutete da schon ›auf Lebenszeit‹? Aber selbst wenn er sie mit seiner schmeichelnden, umwerbenden Art nicht verärgert hätte, blieb das, was ihr Don Milvio gesagt hatte, ihrer beider Geheimnis: Warum hätte sie es diesem jungen Mann, der bereits graue Schläfen hatte und im Gegenlicht Zigaretten rauchte, verraten sollen, in diesem Zimmer, das nach Nelken stank?
»Ihr habt ihm den Ring nicht geküßt.«
»Das war falsch.«
»Ihr habt Seine Eminenz beleidigt.«
Sie begleiteten sie zum Auto, das auf der mit Marmor gepflasterten Piazza wartete. Als sie jung war, war sie vor Ostern mit ihrer Mutter in diese Stadt gefahren, in der Kutsche, um Einkäufe zu erledigen.

In Organza schwitzt man

Asmara glaubte es bis zuletzt nicht, obwohl Zelmira ihr versicherte:
»Ich habe ihn eingeschüchtert, ich habe ihm Angst gemacht.«
Und genau in dem Augenblick, in dem sie die Füllfeder nahm, um im standesamtlichen Register zu unterschreiben, läuteten die Glocken Sturm. Sie traten Arm in Arm aus dem Standesamt, Asmara trug ein blaßrosa Kleid aus besticktem Organza. Sie überquerten die Straße und blieben auf der Piazza stehen, um am Kiosk, der früher einmal Gavure gehört hatte, eine Granita zu trinken.

Zu Hause erwartete sie Zelmira, die gemeinsam mit Guidone und der Friaulerin eine Erfrischung vorbereitet hatte. Es war ein melancholisches Fest, Asmara weinte vor Freude, sie hatte auf nüchternen Magen ein Gläschen Eierlikör getrunken, um sich Mut zu machen, und war nun beinahe betrunken. In dem Augenblick, in dem sie die Hochzeitstorte anschneiden sollte, wurde sie, offenbar aus Kummer, von Schluchzen geschüttelt, aber nach dem Kaffee faßte sie sich wieder: Sie trocknete sich die Augen und ging ins Schlafzimmer hinauf, um sich zu frisieren. Als sie wieder herunterkam – das Organzakleid, in dem sie schwitzte, hatte sie inzwischen ausgezogen –, mußte sie feststellen, daß die Gäste infolge der vielen Gläschen, die sie getrunken hatten, vor sich hindösten. Garibaldo, der im Schlaf alle viere von sich streckte, schreckte hoch, als er eine Hand auf seiner Schulter spürte. Er lag in einem Grab, hinter einer Grabplatte. Die Deutschen waren genau davor stehengeblieben, und der Offizier wies mit einem Zwinkern auf den Stein. Garibaldo beobachtete sie durch ein kleines Loch im Marmor, direkt unter dem Grablicht.

»Komm raus«, sagte der Offizier, »du hast dich mit deinem eigenen Trick reingelegt. Du hättest nicht dein Bild auf dem Grabstein anbringen sollen.«

Garibaldo drehte sich um und betrachtete verstört das Porträt über der Petroleumlampe. Es war Volturno.

»Aber das bin nicht ich, das ist mein Onkel Volturno«, schrie er überzeugt.

Der Offizier lächelte spöttisch.
»Was hat das zu bedeuten«, schluchzte Garibaldo, »ich will wissen, was das zu bedeuten hat. Das ist das Grab meines Onkels Quarto, mein Onkel Volturno ist in Afrika verschollen!«
Aber die Deutschen zogen ihre Uniformen aus. Es waren gar keine Deutschen, es waren Italiener. Sie lachten.
»Es war nur ein Scherz, reg dich nicht so auf«, sagte der Offizier und legte ihm eine Hand auf die Schulter. »Es war nur ein Scherz, du kannst jetzt nach Hause gehen.«
»Du kannst nach Hause gehen«, sagte Asmara. »Ich habe am Nachmittag eine Menge zu tun.«
Garibaldo strich sich die Haare glatt und zog die Jacke an. Auf seinem Hemd war ein Weinfleck, verflixt nochmal. Die Gäste folgten ihm und beglückwünschten Asmara noch einmal. Zelmira blieb da, sie half beim Abräumen.
»Ich komme heute abend vorbei«, rief Garibaldo vom Tor aus.

Eine Idee von Mangiaghiaia

Der Sommer verging in einer unglaublichen Fülle; manche glaubten, das läge daran, weil die Erde sich entspannte, die Bomben vergessen und zur Fruchtbarkeit zurückgefunden hatte. Der Himmel strahlte in beständigem Blau, sogar nachts, es war, als hätte er sich endgültig für eine Farbe entschieden.

Inzwischen hatten sie alle Fenster ersetzt. Sie hatten ein paar Jahre lang gewartet, in der geheimen Hoffnung, sie würden wiederkommen; auch wenn es absurd schien, vielleicht noch absurder als zu glauben, sie seien davongeflogen; in der Zwischenzeit hatte man sich mit Rouleaus aus Matten, Karton und grün lackiertem Sperrholz beholfen. Aber in diesem Sommer entschlossen sich alle, die einen früher, die anderen später. Die Erde hatte sich erholt, und somit waren die Dinge wieder im Lot: Und wenn die Fenster nicht zurückgekehrt waren, hieß das, daß man nicht länger auf sie warten sollte. Oder vielleicht hatte auch nur der Hausverstand gesiegt: Wer hatte schon jemals ein Dorf ohne Fenster gesehen? Früher schon, sagten die Alten. Früher hatte man auf so etwas gar nicht geachtet, es mangelte an so vielem, damals, als die Männer in den Sumpf fuhren, um Schilfrohr zu schneiden. Aber jetzt, wo der Fortschritt nicht mehr zu übersehen war, sich alle ein Moped kauften und man sogar an Arbeitstagen Fleisch aß? Und der neue Pfarrer bestärkte sie von der Kanzel aus: Sahen sie nicht den gewaltigen Fortschritt, den De Gasperi Italien verschaffte? War es nicht langsam an der Zeit, auf dieses Merkmal zu verzichten, es wirkte irgendwie trotzig, als wollte man sich um jeden Preis erinnern, und das wegen vier oder fünf Bomben, mehr konnten es kaum gewesen sein; denn um die Fenster eines so kleinen Dorfes bersten zu lassen, reichte schon eine Bombe.
Das *Splendor* sollte im September eröffnet werden.
»Diesmal wird es wirklich eröffnet«, hieß es. »Der Frieden ist dauerhaft.«

Man rätselte, womit es wohl eröffnet würde. Einem Film, einer Operette oder einem Ball? Die meisten tippten auf einen Film, vielleicht weil sie unbedingt einmal einen Farbfilm sehen wollten, eine Erfindung, von der man sich wahre Wunderdinge erzählte.
Auch Garibaldo hatte neue Fenster eingesetzt. Vorsichtshalber hatte er sie auf doppelten Angeln montiert, für den Fall, daß etwas passierte und sie wieder davonfliegen wollten. Nach dem Abendbrot schwelgte er in Erinnerungen an Argentinien.
»Garibaldo«, rief von der Straße aus eine zischende Stimme.
Mangiaghiaia kam herein und verursachte ein Geräusch, als hätte er Steine im Mund. Meistens begann er ein Gespräch, indem er zuerst einmal eine halbe Stunde lang alle Phasen des Kampfes in Frankreich beschrieb, bei dem er die Zähne eingebüßt hatte. Deshalb sagte Garibaldo zu ihm:
»Mach es kurz, ich bin müde.«
Mangiaghiaia kratzte sich am Bauch und bat um ein Glas Wein. Beim siebten Glas willigte Garibaldo ein. Es war eine ausgezeichnete Idee, eine Genossenschaft zu bilden und das *Splendor* zu kaufen. Außerdem kannten es alle, noch bevor es überhaupt eröffnet wurde: In zwei oder drei Jahren würde man die Raten zurückbezahlt haben. Und bis dahin konnte man dort Versammlungen abhalten und Filme zeigen: Und irgendwann gehörte es ihnen.
»Wir eröffnen dort auch die Bar der Obst- und Gemüsegenossenschaft«, zischte Mangiaghiaia zwischen den Lücken seines Gebisses hervor.

»Es gibt keine Arbeit mehr«, sagte Garibaldo. »Keine Todt und keine Arbeit mehr. Wir stehen wieder am Anfang.«

Er kniete vor einem grobmaschigen Leinenlaken, mit Farbe und Pinseln in der Hand.

»Schau einmal in den Garten hinaus«, sagte Garibaldo.

Asmara trat auf die Schwelle und sah eine Lambretta auf einem Kippständer stehen.

»Ich habe sie aus zweiter Hand gekauft, bei der Liquidation der Todt. Ihr Motor läuft wie geschmiert.«

Er malte einen jungen, rot gekleideten Mann, der einen blutigen Fuß auf die Kuppel des Petersdomes warf.

»Was hast du denn vor?«

Garibaldo stand auf und wischte sich die Hände an einem Stoffetzen ab.

»Du wirst schon sehen, wir werden nicht verhungern. Ich kann singen und kenne eine Menge Lieder. Der Balg der Ziehharmonika ist in hervorragendem Zustand. Bis ich wieder eine feste Arbeit habe, fahre ich herum.«

»Und du glaubst, du kannst dabei was verdienen?«, sagte Asmara.

»Ich verkaufe ja auch Kapaune«, sagte Garibaldo.

Ein Rosenkranz von Dörfern, die er mit der knatternden Lambretta abklapperte: die Gavine-Hügel, die so karg waren, daß nur Disteln auf ihnen wuchsen; Rupecavo, wo das Wasser so knapp war, daß einem der himmelblaue Streifen des fernen Meeres Neid einflößte; und Filettro, das im Feuchten hockte; und dann ferne Dörfer in der Ebene, in Richtung Maremmen: Plätze, die spitz zuliefen wie Segelschiffe, die an weißen Nachmittagen dahindämmerten, bis sich am Abend Krähen auf ihnen niederließen. Garibaldo kam an und lud die Kapaune, die argentinische Ziehharmonika und die Plakate, mit denen er seine Geschichten illustrierte, vom Gepäckträger. Zuerst erzählte er eine Geschichte, die *Rom und Bläßhühner* hieß, und bei der man einen Garibaldiner sah, der Italien zuerst einen Fuß und dann das Leben geschenkt hatte. Dann folgte die Geschichte eines einsamen und bleichen Mannes, der in Afrika verschwunden war, während die Sonne orange leuchtend unterging: Sie hieß *Umsonst gestorben.* Und dann Geschichten von einem Kriegskreuz, einer Frau, die blau geworden war, weil sie so viel an das Meer gedacht hatte, einem Buckeligen, der sich als Toter das Rückgrat hatte brechen lassen, um gerade im Grab zu liegen, einer Glocke, die aus Solidarität geschmolzen war, und von Fenstern, die vor Entsetzen davongeflogen waren.

Die Kapaune verkauften sich gut.

Wer noch dabei ist und wer nicht

Der französische Zirkus kam wieder nach Borgo.
Er machte der Bar der Genossenschaft, die vorne am *Splendor* angebaut und bereits eröffnet worden war, große Konkurrenz. Sie blieb eine ganze Woche lang leer. Der Schnauzbart des Monsieur Oignon leitete noch immer den Zirkus. Herkules, runzelig wie ein Ball, dem die Luft ausgegangen ist, streute in der Manege Sägespäne, bevor die Pferde hereingelassen wurden. Das Seil Montero Secondos war wohl in Guadalajara gerissen. Nemesicus war einsam und glücklich im Körper eines tibetanischen Yeti.
Pecos Bill hatte gebleichte Haare und schoß beidhändig mit vier Pistolen, und am Ende der Vorstellung schoß er ein DANKE in ein Plakat aus Stanniolpapier.

Der halbe Bleibuchstabe

Er erlangte in der ganzen Ebene Berühmtheit, und sogar noch darüber hinaus. Er wurde zu Hochzeiten eingeladen, die in weit entfernten Dörfern stattfanden, und bekam dafür stattliche Honorare, plus Kost und Logis. Er fuhr mit der Lambretta hin, oft nahm er auch Asmara mit. Die Hochzeiten fanden immer im Freien statt, man tanzte unter der Pergola, und die Gäste trugen rote Schleifen im Knopfloch. Eines Tages kam er voller Aufregung, aber auch voller Genugtuung nach Hause, denn die Partei hatte ihn gebeten, bei den Festen der *Unità* zu spielen.

»Paß auf, sonst machst du meine Stickerei schmutzig«, sagte Asmara.
Einen Monat lang bereitete er sich vor. Er spielte von Morgen bis Abend, schrieb Lieder auf Kalenderblätter, arrangierte die Melodien argentinischer Tangos für Partisanenparolen.
Es war ein unvergeßliches Fest: drei Tage hintereinander und jede Menge Menschen. Der Erfolg ließ sich schon allein daran messen, daß mehr Eistüten und mehr Brauselimonaden verkauft wurden als beim Feuerwerk zu Ehren des Heiligen Alexander. Die Feste begannen immer mit einer Versammlung, danach kam ein Film über die Befreiung, und dann wurde getanzt und gesungen. Garibaldo betrat mit seiner Ziehharmonika die Bühne. Anfangs hatte er Lampenfieber, aber dann entspannte er sich, gewann Kontrolle über sich selbst und absolvierte meisterhaft sein Repertoire. Er beendete sein Programm immer mit einem Lied, das er extra dafür vorbereitet hatte, einer Ballade in Terzinen mit assonierenden Reimen, in danteskem Stil, in der er ein Inferno aus Benzin beschrieb. Es war ein beispielloser Erfolg, und viele weinten und kamen zu ihm, um ihn zu umarmen. Als die Stimmung umzukippen drohte, versuchte eine Stimme aus dem Lautsprecher die Situation zu entschärfen: »Zum Glück gehören diese finsteren Augenblicke der Vergangenheit an. Aber wir müssen sie stets im Gedächtnis behalten, damit wir nie vergessen, was der Faschismus war!« Und man ging zum zweiten Teil der Veranstaltung über: Sackhüpfen.

In dieser Nacht schlief er bei Asmara. In seinem Haus, wo die blaue Farbe langsam von den Wänden abbröckelte, hätte er sich allzu einsam gefühlt. Und außerdem verspürte er das Bedürfnis, es ihr mitzuteilen, es war ja eine wichtige Entscheidung.
»Ich bin der Partei beigetreten«, sagte er.
Asmara stickte gerade. Inzwischen bestickte sie alles, was ihr in die Hände kam; sie hatte bereits die ganze Wäsche im Haus bestickt: Tischtücher, Laken, Handtücher, sogar die Vorhänge an den Fenstern. Sie lächelte verschmitzt, als ob sie es nicht glauben könnte, ohne den Blick von ihrer Stickerei zu heben.
»Du?! Und die Anarchie?«
»Die Zeit ist vorbei«, sagte Garibaldo. »Heutzutage muß man sich nützlich machen, sich organisieren. Gavure hatte recht, nur gemeinsam sind wir stark.«
Asmara erhob sich seufzend, öffnete eine Schublade und nahm einen Ausweis heraus.
»Wir sind Genossen«, sagte sie und warf ihn auf den Tisch.
Garibaldo sah sie verständnislos an, er meinte, sie wolle sich über ihn lustig machen.
»Keine Bange, ich hab' ihn schon lange, ich bin nicht erst heute beigetreten. Sondern damals, als Gavure den Kiosk eröffnet hat. Du warst in Argentinien und hast Tango getanzt.«
Garibaldo sah sie sprachlos an. Asmara nahm das Kettchen ab, das sie am Hals trug, und schob es ihm über den Tisch zu. Er nahm den Anhänger aus Blei in die Hand und begriff alles.
»Ja. Ich war Gavures Kontaktperson. Wir haben die

Zeitungen miteinander verteilt, er vom Kiosk aus und ich zu Hause.«

Garibaldo spürte, wie er in Zorn geriet. Er schlug mit den Fäusten auf den Tisch, hochrot im Gesicht.

»Und du hast von mir verlangt, daß ich Samstag für Samstag die Zeitungen in den Garten lege. Ohne mir jemals etwas zu sagen!«

»Hör zu«, unterbrach ihn Asmara, »du warst ja so-was von eingebildet und selbstsicher. Ihr Männer glaubt, ihr seid tüchtig, bloß weil ihr an die Wand pißt.«

Garibaldo lief im Zimmer auf und ab, wie ein Tier im Käfig.

»Und das sagst du mir jetzt!«, schrie er. »Jetzt, nach zehn Jahren!«

»Reg dich nicht auf«, sagte Asmara. »Ich habe es eben vergessen, es ist ja alles so schnell gegangen. Und außerdem hatte ich was anderes im Kopf, ich mußte mir ja immer Gedanken wegen des Horoskops machen.«

»Ach ja, das Horoskop! Das verdammte Horoskop!«, seufzte Garibaldo. »Das war deine Leidenschaft. Deine Leidenschaft und mein Verderben.«

Und er zog sich aus, um ins Bett zu gehen.

Lichtspieltheater Splendor

Er ging jeden Abend ins *Splendor*. Dort trafen sich viele Genossen, sie kamen aus der Ebene und saßen an den Tischchen, um zu diskutieren und die kühle Luft zu genießen. Quarantotto, der später von einem Gerüst fiel und ans Bett gefesselt blieb, schlimmer als ein Schlaganfall, kam auf dem Fahrrad. Mangiaghiaia erzählte von seiner französischen Odyssee und von der Begegnung mit dem japanischen Stier, dessen Kopf aussah wie ein Auswuchs des Halses, und der zwei Schildkrötenäuglein hatte, die nicht einmal zwinkerten, wenn man ihm einen Tiefschlag versetzte.
»Um nicht auf den Rücken zu fallen, biege ich mich durch. Mach eine Brücke, sagt der Sekundant zu mir, mach eine Brücke. Aber sie war umsonst, denn der Japaner nähert sich mir mit dem Auswuchs, als ob er mir etwas ins Ohr sagen wollte, und stößt mir den Kopf in die Zähne.«

Restaurant Le Vincenzine

»Diese Wand reißen wir nieder«, sagte der Architekt. »Das Gitter behalten wir, weil es den Saal auflockert, allerdings muß man es reparieren: Dahinter bringen wir die Garderobe an.«
Der Bauleiter ging weiter über den dunklen Gang, an der Kapelle vorbei, bis zum Refektorium. Der Architekt trug helle Hosen und Schuhe mit Gummisohlen.

Er hielt einen Notizblock in der Hand und machte Notizen.
»Und die Becken?«, fragte der Bauleiter.
Verdutzt war er vor den beiden Wannen aus hellem Stein stehengeblieben, die am Eingang des Refektoriums standen. Waschtröge waren es bestimmt nicht, sie sahen eher aus wie Becken. Weihwasserbecken waren es aber auch nicht. Was also sonst?
»Tja«, sagte der Architekt und machte sich Notizen. »Fürs erste lassen wir sie da stehen, wir können ja Grünpflanzen oder Flußkies hineintun. Dann sehen wir weiter.«
Er begutachtete das Refektoirum, maß es mit Schritten aus, machte sich Notizen, sagte *Oh,* um die Akustik auszuprobieren. Er schrieb in sein Notizbuch: dreißig Tische.
»Unterhalb des Gewölbes stellen wir einen langen Tisch auf«, sagte er laut, aber inzwischen führte er Selbstgespräche. »Für besondere Anlässe, Hochzeiten und ähnliches.«
Er machte kehrt und trat auf den Kreuzgang hinaus. Der Bauleiter folgte ihm aus Höflichkeit. Es war ein glasklarer Tag, wie es sie nur im März gibt, schon warm.
»Sicher, hier gibt es einiges zu tun«, sagte der Architekt.
Er meinte damit das Unkraut und den Riß in der Mauer, durch den man hinunter in die Ebene sah.
»Na ja.«, sagte der Architekt. Er schrieb: Laube, großer Granitstein (eventuell kleiner Mühlstein), Schmiedeeisen anstelle der Mauer wegen Panoramablick.

»Wahrscheinlich häuten sie sich gerade«, sagte der Bauleiter.
»Wie?«, fragte der Architekt.
Der Bauleiter blinzelte in Richtung des Unkrauts.
»Da müssen jede Menge Nattern drin sein«, sagte er, »seit zehn Jahren leben sie hier völlig ungestört.«
Zwei große Dachpfannen aus Terracotta, schrieb der Architekt.
Der Bauleiter hatte einen Stock gefunden und sich bis zum Rand des Unkrauts vorgewagt: von hier aus stocherte er darin herum.
»Ich kann mir nicht vorstellen, daß das ein Geschäft wird«, sagte er skeptisch. »Wer soll schon hierherkommen, hier gibt es ja nur Steine und Nattern.«
Der Architekt hatte den Notizblock eingesteckt und rauchte eine Zigarette.
»Ach«, antwortete er, »glauben Sie mir, das ist ein Volltreffer. In ein paar Jahren ist dieses Gebiet hier für den Spitzentourismus erschlossen.« Er wies mit dem Arm hinter sich. »Berge«, sagte er, »und Meer.« Jetzt wies er geradeaus in die Ferne, und der Bauleiter blickte in die Richtung, in die sein Finger zeigte, über den Riß in der Mauer und die Wolken über den Olivenbäumen hinaus, auf einen blauen Streifen am Horizont.

Lastwagen mit riesigen Anhängern brausten durch Borgo und ließen das Dorf nachts erzittern. Lastwagenfahrer aus dem Norden, deren Sprache fast nicht zu verstehen war, verlangten in einem Gasthaus, in dem es bislang nur Bohnensuppe gegeben hatte, Schnitzel. Aus dem Verkehrsknotenpunkt wurde ein richtiger Bahnhof mit Überdach und einem Emailschild, auf dem stand:

BORGO ALLE CONSERVE

Auch wenn niemand Borgo bei diesem Namen nannte.

Euer Gesetz könnt ihr euch in den Arsch schieben

Mitten auf der Piazza wurde eine Bühne in den Farben der Trikolore errichtet. Aus einem Lautsprecher, den man zwischen Italien und der Demokratie angebracht hatte, plärrten vier Tage lang die Nationalhymne und ein Schlager, in dem es um Frieden und Freiheit ging, während von einem blau gepolsterten Auto aus kleine weiße Plakate mit dem Konterfei dessen verteilt wurden, der hier demnächst eine Rede halten sollte.

»Hast du begriffen, wer hier eine Rede halten wird? Die Partei, die Italien regiert. Es wird Arbeit für alle geben, an der Straße, die durch die trockengelegten Sümpfe führt, wird eine Fabrik eröffnet.«

Am Abend war die Piazza dicht bevölkert. Die Carabinieri patrouillierten auf den Straßen, um Unruhen und Raufereien zu verhindern; das Grammophon der Obst- und Gemüsegenossenschaft, dessen Stekker jemand herausgezogen hatte, gab die letzten heiseren Töne von sich: *ciccì, bebè, uè, uè, uè.*

Als der Redner auf die Bühne stieg, verstummten gerade die Glocken, die feiertäglich geläutet hatten wie nach der Auferstehung, und es herrschte Grabesstille. Er begann seine Rede mit den Worten, daß er sich besonders freue, in einem derart fleißigen und gottesfürchtigen Dorf sprechen zu dürfen, wo den Frauen die Bescheidenheit und den Männern der gute Wille ins Gesicht geschrieben stünde. Dann sagte er, daß sie den Industriellen, der die Fabrik an der Straße durch die trockengelegten Sümpfe gebaut hatte, als ihren Wohltäter betrachten müßten, weil er sich gerade *für diesen Ort* entschieden hatte, um den Menschen Arbeit zu geben, hunderte Kilometer von seinem Zuhause entfernt. Sein Ton ließ durchblikken, daß sie, die *an diesem Ort* zur Welt gekommen waren, nichts anderes als Hungerleider waren. Und dann kam er auf die Situation zu sprechen: daß man Geduld haben müsse, daß Rom nicht an einem Tag erbaut worden sei, daß »wir einer schönen Katastrophe entronnen sind«, daß alle früher oder später Arbeit finden würden; und daß die Aufmüpfigen (hier hob er einen mahnenden Finger wie vor ungehorsamen Kindern) es mit dem Gesetz zu tun bekämen.

Da erklang vom Rand der Menge ganz laut die Stimme Garibaldos:

»Euer Gesetz könnt ihr euch in den Arsch schieben!«
Er kam nicht mehr dazu, noch etwas zu sagen, denn die Carabinieri hatten ihn schon festgenommen und zogen ihn durch die sich teilende Menge zu einem Polizeiwagen, der mit Vollgas davonbrauste. Die Menge wogte, aber ohne böse Absichten. Doch der Redner bekam es trotzdem mit der Angst zu tun und stieg eilig von der Bühne, beschützt von zwei Reihen wachsamer Polizisten.

Ein Vorschlag

Es sprach einer, den Garibaldo nicht kannte: Er war noch ein Junge und hatte helle Augen, vielleicht kam er aus einer Parteisektion.
Keine Rede davon, daß man gut verdiente, ganz im Gegenteil, es war ein Scheißleben. Aber immer noch besser als Schilf schneiden. Und außerdem gab es ja gar keines mehr, die Sümpfe waren trockengelegt worden, und die Bodenreform war auch nicht das, was man sich darunter vorgestellt hatte: Das gehört mir, das hat mir gehört, das wird mir immer gehören, und die *Fattoria Vecchia* hat sich alles unter den Nagel gerissen. In Borgo waren nur vier winzige Felder am Fuß des Berges übriggeblieben.
Das Publikum war zahlreich erschienen. Auch Frauen waren da, sie saßen hinten. Von draußen auf der Straße war Stimmengewirr zu hören; hin und wieder steckte jemand argwöhnisch den Kopf in den Saal und ging wieder.

»Ich gehe einmal nachschauen«, sagte Mangiaghiaia, »es liegt etwas in der Luft, das mir gar nicht gefällt.«
»Er ist jung, aber er scheint sich auszukennen«, sagte Garibaldo.
»Er ist der Sohn von Quarantotto.«
»Wir waren miteinander im Krieg«, sagte Garibaldo.
»Jetzt liegt er gelähmt im Bett«, sagte Mangiaghiaia.
Der Junge hielt inne, um auf den Lärm draußen auf der Straße zu horchen.
»Sprich weiter«, forderte ihn jemand aus dem Publikum auf.
Alle wüßten, was los sei, sagte der Junge. Wer glaubte schon an notwendige Entlassungen? Es waren nichts anderes als Repressalien, denn warum sonst waren nur die entlassen worden, die die Plakate aufgeklebt hatten, die zum Streik aufriefen? Zehn Familien auf der Straße, kaum zu glauben. Und jetzt hatte das Publikum das Wort.
»Ich hätte einen Vorschlag«, sagte Garibaldo.
Das Stimmengewirr verstummte, das Publikum drehte sich um.
»Komm auf die Bühne«, sagte der Sohn von Quarantotto.
»Geh auf die Bühne«, sagte Mangiaghiaia und stupste ihn mit dem Ellbogen. »Ich gehe einen Augenblick an die Tür.«
Während er zwischen den Sesselreihen durchging, begrüßten ihn die Leute mit lautem Klatschen. Er grüßte sie, als er schon an ihnen vorbeigegangen war, indem er die Arme hob. Der Junge reichte ihm die Hand und half ihm, auf die Bühne zu steigen.

»Freunde und Genossen«, sagte er ins Mikrophon. »Ich freue mich, euch wiederzusehen.«
Stimmengewirr erhob sich, irgend jemand rief ihn, sie fragten ihn, he, wie geht's? Garibaldo brachte sie mit Handbewegungen zum Schweigen.
»Ich habe einen Vorschlag«, sagte er.
In diesem Augenblick drangen sie in den Saal ein. Es waren nur wenige, aber in Helmen mit Visieren und Kampfanzügen. Sie taten so, als ob sie jemanden verfolgten, einen Streikposten, der zur Überwachung in der Fabrik geblieben war. Aber das war nur ein Vorwand um zuzuschlagen. Mangiaghiaia lief ihnen direkt in die Arme, mit den Knüppeln und Gewehrkolben warfen sie ihn sich zu wie eine Marionette. Im Nu war der Spuk wieder vorbei, bevor jemand reagieren konnte, waren sie auch schon wieder draußen und standen in Reih und Glied hinter den Polizeiwagen. Der Polizeichef verkündete durch den Lautsprecher, daß er das Theater aus Gründen der öffentlichen Sicherheit räumen ließe.

Die Fenster zur Piazza

Es war ein Abend, an dem vom Meer her ein heißer Wind kam. Diesmal wehte der Südwind schon länger als die üblichen drei Tage, Borgo war von ausladenden Wirbeln umzingelt, als würde es von Fächern belagert. Asmara richtete sich auf den Kissen auf und horchte auf das Geräusch. Es kam von den Fenstern.

»Garibaldo«, sagte sie und rüttelte ihn am Arm, »die Fenster.«
Garibaldo drehte sich im Schlaf um.
»Welche Fenster?«
Asmara stand barfuß auf und schlüpfte in ihren bestickten Morgenmantel. Als sie mitten im Zimmer stand, entschied sie sich für eine Richtung. Das Geräusch wurde gleichmäßig von allen Fenstern verursacht: die Angeln und das Holz ächzten wie arthritische Knochen.
»Garibaldo«, wiederholte sie, »die Fenster.«
Aber Garibaldo schlief ruhig in der kühlen Finsternis eines Grabes, hinter einer Grabplatte. Die Deutschen waren genau davor stehengeblieben, und der Offizier nickte in Richtung der Platte.
»Komm raus«, sagte der Offizier, »du bist auch diesmal erledigt. Du hast dich mit deinem eigenen Trick reingelegt.«
Garibaldo wachte auf, benommen und unausgeschlafen, und drehte sich um, um die Grabplatte zu betrachten. Aber es war keine Grabplatte, sondern das Fenster in seinem Zimmer.
»Das ist zuviel«, sagte der Offizier, »du versteckst dich in einem Grab und nimmst sogar das Fenster aus deinem Haus mit.«
»Es sind die Fenster«, sagte Asmara.
Garibaldo öffnete die Augen, und es dauerte einige Sekunden, bis die Uniform des Offiziers zum bestickten Morgenmantel Asmaras geworden war.
»Was für Fenster?«
»Hörst du es nicht? Es sind die Fenster des Hauses.«

Garibaldo lächelte, als erinnerte er sich an etwas. Er warf einen schlaftrunkenen Blick ins Halbdunkel des Zimmers. Vor ungefähr zehn Jahren hatte er in den Bergen, dort wo die Kastanienwälder aufhörten und die Wildnis begann, denselben Traum geträumt, aber die Stimme des deutschen Offiziers hatte geklungen, als rollten Steine in seinem Mund.

»Es sind Fenster«, sagte Mangiaghiaia.

»Was für Fenster?«, flüsterte Garibaldo.

Eine Kälte erfaßte ihn, die er im Schlaf nicht gespürt hatte. Im Morgengrauen vermischte sich der Nebel mit dem weißen Licht, das den schwarzen Rand des Kastanienwalds verschwimmen ließ. Es war ein sehr langer Tag gewesen, und dann war in der Ebene die Mitternachtssonne aufgegangen, ein rötlicher Schein. »Es brennt«, hatte irgendein Genosse gesagt, »vielleicht ist eine Bombe auf einen Bauernhof gefallen.«

»Es waren Fenster«, wiederholte Mangiaghiaia perplex. Er umklammerte das Gewehr und zwinkerte vage in die Luft, wie um Abschied zu nehmen.

»Es war ein Schwarm Fenster.«

Garibaldo zog sich die Decke fester über die Schultern.

»Es werden vorbeiziehende Enten gewesen sein.«

»Nein«, sagte Mangiaghiaia mit einem mahlenden Geräusch, »sie waren grün. Es waren Fenster.«

»Geh schlafen, ich löse dich ab«, sagte Garibaldo und stand auf. Aber Mangiaghiaia rührte sich nicht, er verharrte unbeweglich in seiner Haltung.

»Hörst du nicht die Fenster«, sagte Asmara, »hörst du sie nicht?«

»Das ist wohl der Südwind«, sagte Garibaldo.
»Sie wollen davonfliegen«, sagte Asmara, »sie wollen wieder einmal davonfliegen. Irgend etwas wird passieren, Gewalt liegt in der Luft.«
Garibaldo stand auf und irrte durchs Zimmer.
»Es ist der Wind«, sagte er. »Der warme Wind ist daran schuld.«

Der Tod läßt sich nicht kaufen

(Zwei Szenen in einer, da sich beide gleichzeitig ereignen)

»Mein Vorschlag ist folgender«, schrie Garibaldo.
Er plazierte sich zu Füßen der Demokratie und umschlang sie mit einem Arm, um nicht herunterzufallen. Es herrschte großes Schweigen. Das Denkmal war neutrales Gebiet zwischen der Menge und den Reihen der Polizisten.

»Zum Glück seid Ihr gekommen«, sagte Asmara. »heute nacht ist etwas Merkwürdiges passiert.«
Sie erzählte Zelmira davon, während sie in der Suppenschüssel Eier und Mehl verrührte. Zelmira sagte nichts.
»Ob das eine Warnung ist?«, mutmaßte Asmara.
»Es ist nicht nur bei dir zu Hause passiert«, sagte Zelmira. »Alle Fenster zur Piazza haben dasselbe gemacht. Manche sind sogar aus den Angeln gesprungen und auf die Straße gefallen.«
»Was das wohl bedeutet?«, fragte Asmara.

»Es kann vieles bedeuten«, sagte Zelmira mit einem mahlendem Geräusch ihrer Kiefer. »Ich will gar nicht daran denken, was mir Don Milvio gesagt hat.«
»Und Mangiaghiaia?«, fragte Asmara.
Zelmira hatte ihn besucht. Die Friaulerin hatte ihn auf den Arm genommen wie ein Kind und ihn auf ein Sofa gelegt, denn ihn ins Schlafzimmer zu tragen, wäre zu gefährlich gewesen. Er zermalmte mit den Zähnen den Gestank des Essigs, mit dem sie ihn behandelt hatten. Aber es war nur ein Reflex der Gesichtsmuskeln, hatte der Arzt gesagt, der die Verantwortung für den Transport ins Krankenhaus nicht übernehmen wollte, er käme ohnehin nicht lebend an, also können wir ihn gleich hierbehalten.
»Sie haben ihm den Schädel eingeschlagen«, antwortete Zelmira. Wie immer setzte sie sich auf einen Schemel, schloß die Augen und ließ sich in der Brandung des Alters treiben. Asmara drehte sich um, um zu weinen.
»Was für ein trauriger Geburtstag für Garibaldo. Gestern, als er plötzlich dastand, habe ich versprochen, ihm eine Torte zu backen.«

Der Polizeichef erteilte Befehle an seine Untergebenen, die neben ihm standen, und wies mit einem Nicken des Kopfes auf Garibaldo. Aber inzwischen war die Menge nähergerückt und stand rund um den Sockel. Sie konnten ihn nicht herunterziehen, sie mußten zum Angriff übergehen.
»Und du, du Marionette«, schrie Garibaldo, »nimm dir die Schärpe von der Brust, denn du repräsentierst nicht Italien, sondern nur deine Herren.«

Er nahm den Hut ab und setzte ihn der Demokratie auf. »Guidone«, sagte Garibaldo, »liegt im Sterben, sein Kopf ist aufgeplatzt wie eine Melone.«
Das Schweigen gefror.
»Sie haben ihn erschlagen, und uns möchten sie jetzt mit einem Zuschuß abfertigen. Zwei Lire mehr für die Sklaven, wenn sie brav sind, und Schwamm drüber.«

»Er stand mit einer Rose in der Hand auf der Schwelle und hatte den Hut abgenommen«, fuhr Asmara fort. Inzwischen sprach sie zu sich selbst, denn Zelmira hatte sich in den Abgründen des Alters verloren. »Und er sagte zu mir: Darf ich hereinkommen? Garibaldo, sage ich, bist du frei? Seit heute, sagt er. Ich habe ihn umarmt, als ob er von den Toten auferstanden wäre. Gerade rechtzeitig zu deinem Geburtstag, sage ich. Ich werde dir eine Torte backen, so wie ich sie dir früher immer gemacht habe. Ach ja, morgen habe ich Geburtstag, sagt er, das hatte ich ganz vergessen.«

»Und jetzt möchten sie uns um drei Lire kaufen«, schrie Garibaldo. »Aber der Tod läßt sich nicht kaufen!«

Zelmira tauchte wieder an der Oberfläche der Wirklichkeit auf.
»Wie alt ist er?«, fragte sie mit mahlenden Kiefern.
»Sechzig«, antwortete Asmara. Und während sie es sagte, war ihr auf einmal alles klar. Sie erinnerte sich an einen Abend vor vielen Jahren, als sie sich über eine Schüssel beugte und entsetzt die Kleie beobachtete, die wie durch einen unsichtbaren Hauch einen

Kegel mit einem Loch in der Mitte bildete. Dreißig, und noch einmal dreißig für den Sohn, auf den sie verzichtet hatte. Jetzt, wo sie sich ganz sicher war, stürzte sie hinaus. Die Hände wischte sie sich an der Schürze ab, auf deren Taschen zwei riesengroße Erdbeeren gestickt waren. Am Tor verlor sie einen Pantoffel, und um keine Zeit zu verlieren, warf sie auch den anderen weg.

»Das, Genossen, ist die einzige Antwort!«, schrie Garibaldo.

Asmara kam über die Piazza gelaufen. Sie ruderte verzweifelt mit den Armen.
»Garibaldo!«, schrie sie. »Garibaldo, du bist heute sechzig!«
Ob Garibaldo sie sah und begriff, so wie sie begriffen hatte, daß sein Horoskop in genau diesem Augenblick in Erfüllung ging, ist ungewiß. Man hörte einen Schuß. Einen einzigen. Garibaldo ließ die Statue los und drehte sich langsam um sich selbst. Die Faust, die er gehoben hatte, öffnete sich, und der Stein rollte auf die Piazza. Er folgte ihm, und dabei gab er ein gurgelndes Geräusch von sich, aber das hörten nur wenige.

Zelmiras Geheimnis

Zelmira war gebeugt zurückgekehrt, als trüge sie eine schwere Last. Die Frauen hatten sich um sie geschart.

»Was hat er dir gesagt?«, hatten die Frauen gesagt.

»Nichts, er hat nichts gesagt.«

»Aber ihr habt doch eine halbe Stunde miteinander gesprochen, und du hast wie wild gestikuliert!«

»Ach!«, hatte Zelmira gesagt.

Von diesem Tag an ging sie immer gebeugter, aber wenn jemand sie fragte, was Don Milvio gesagt hatte, antwortete sie immer:

»Ach.«

Und so ging es Jahr für Jahr, ohne daß ihr jemand ihr Geheimnis entlocken konnte, nicht einmal der Bischof, der sie zu sich kommen hatte lassen und sie mit der Aussicht auf eine Leibrente hatte ködern wollen: »Im Augenblick wäre sie natürlich noch klein, aber mit der Zeit...«

»Warum fragt Ihr ihn nicht selbst«, hatte Zelmira unbeugsam gesagt: »Ihr braucht nur zur Grotte zu gehen und ihn zu rufen: ›Scrocci, he, Scrocci!‹ Und er antwortet Euch, und wenn es ihm paßt, sagt er es Euch selber.«

Als sie im Sterben lag – aber das gehört nicht mehr zu dieser Geschichte –, überlegte sie es sich unerwarteterweise anders und ließ den neuen Pfarrer zu sich kommen. Auch ein Monsignore lag seit einem Tag und einer Nacht auf der Lauer; kaum hatte sich das Gerücht verbreitet, daß sie im Sterben läge, hatte er ein Zimmer in der Pension bezogen. Schließlich überwand sich Zelmira und rief:

»Ich möchte sagen, was mir Don Milvio sagte.«

Der Pfarrer legte sein Ohr an den röchelnden Mund. Der Monsignore hielt sich vorsichtig im Hintergrund. Die Kurie hatte eindeutige Anweisungen gegeben, daß kein Fremder Zelmira ihr Geheimnis entlocken sollte. Inzwischen rankten sich viele Legenden um Scrocci, und das Gerede brachte den Heiligen Stuhl in Verruf.

»Nur Mut«, sagte der Pfarrer.

Auch der Monsignore konnte sich nicht länger zurückhalten:

»Und, und?«

»Don Milvio ...« Zelmira stützte sich auf die Ellbogen und ließ den verwirrten Blick durch das Zimmer schweifen. »Don Milvio ...«

Es sah aus, als ob sie es nicht schaffen würde, ihr Atem schien mit einem Gurgeln zu versiegen. Dann plötzlich, als würde sie den Fremdkörper ausspucken, der ihr die Kehle verschloß, sagte sie röchelnd: »Don Milvio hat mir gesagt, daß sich die Gleichheit nicht mit hydraulischen Pumpen herstellen läßt.«

Nachwort zur Neuauflage

Piazza d'Italia wurde 1973 geschrieben und 1975 veröffentlicht. Inzwischen sind mehr als zwanzig Jahre vergangen, und ich halte es für richtig, das Buch neu aufzulegen; diese Neuauflage ist völlig identisch mit der ersten, abgesehen davon, daß ich den ursprünglichen Untertitel wieder eingesetzt habe. Als ich das Buch schrieb, leistete es mir wertvolle Gesellschaft. Es war ein glühend heißer Sommer in der Toskana, und ich wartete auf den September. Es erschien auf Betreiben meines Freundes Enrico Filippini, an den ich mich mit Dankbarkeit erinnere, und mit einem großzügigen Vorwort von Cesare Segre, dem ich hier noch einmal meinen Dank aussprechen möchte. Damals war mir nicht bewußt, daß ich mit diesem Buch ein Schriftsteller geworden war. Man denkt erst über die Dinge nach, wenn sie schon passiert sind. Und es ist ein merkwürdiges Gefühl, ein Buch, das meinem damaligen Ich entspricht, wieder zu lesen und neu aufzulegen. War ich damals derselbe wie der, der ich heute bin, frage ich mich, oder ein anderer? Ich weiß es nicht, und vielleicht will ich es auch gar nicht wissen. Ich weiß, daß dieses Buch meinen Anfängen entspricht, als Mensch und Schriftsteller. Eine Rechnung geht entweder auf oder nicht. Aber darüber soll jemand sprechen, der sich auskennt.

September 1993, Antonio Tabucchi

Da die »Geschichte aus dem Volk« in Italien spielt, vor einem konkreten historischen Hintergrund, über sieben Jahrzehnte hin, werden hier für den deutschsprachigen Leser die wichtigsten Begriffe und Namen erläutert. Die Ziffern geben die Seitenzahl an, auf der sie zum erstenmal vorkommen.

9 Viktor Emanuel III., italienischer König, dankte am 9. Mai 1946 zugunsten seines Sohnes ab. Am 2. Juni 1946 entschied sich das italienische Volk aber für die Republik. Im ersten Absatz der Verfassung steht, sie sei »auf Arbeit gegründet«.

13 Nachdem Garibaldi in Argentinien und in Uruguay gekämpft hatte, kehrte er nach Italien zurück und wurde zu einer der bedeutendsten Figuren des *Risorgimento*, das zur Wiedervereinigung Italiens führte. Deshalb wurde Garibaldi »Held der beiden Welten« genannt.

15 *Hier entsteht Italien oder wir sterben:* Diese Worte sprach Garibaldi am 15. Mai 1860 aus, als seine »Rothemden« in Catalafimi gegen die Truppen des Königs der »Beiden Sizilien« kämpften.

16 Quarto und Volturno: Zwei Ortsnamen, die mit dem »Zug der Tausend« in Verbindung stehen, den Garibaldi 1860 unternahm. Er begann in Quarto, einem kleinen Ort, und endete an den Ufern des Flusses Volturno, wo Garibaldi die Truppen der Bourbonen besiegte.

18 Anita: Vorname der ersten Frau Giuseppe Garibaldis.

19 Im September 1870 schlugen die Soldaten Viktor Emanuels I. auf der Höhe der Porta Pia eine Bresche in die Stadtmauer von Rom. In der Folge wurde Rom zur Hauptstadt des Königreichs ernannt.

29 Ab 1887 erhob Italien koloniale Ansprüche auf Gebiete in Afrika, vor allem auf Äthiopien.

54 Filippo Turati (1857–1932): Italienischer Politiker, einer der Gründer der sozialistischen Partei, Reformist.

61 Humbert (Umberto) II., 1904 bis 1986, Sohn von Viktor Emanuel III.

62 Der zitierte Absatz stammt aus dem berühmten Roman von Edmondo de Amicis, *Cuore*, der 1886 erschien.

65 Apostolo Zeno: Für gewöhnlich weigerten sich die Anarchisten, ihren Kindern christliche Namen zu geben. Apostolo Zeno ist der Name eines italienischen Dichters aus dem 18. Jahrhundert.

66 Felice Cavallotti (1842–1898): Italienischer Autor, Jurist und Journalist, verbreitete den Marxismus in Italien, blieb jedoch den romantischen Ideen Garibaldis verhaftet. Schrieb Gedichte und Theaterstücke, u.a. den Text der Hymne des »Zugs der Tausend«.

69 *Der Krieg, Ursprung der Schönheit* ist ein Zitat Gabriele d'Annunzios.

70 *L'armata se ne va* (Die Armee zieht in den Krieg) ist der Titel eines bekannten Soldatenlieds aus dem Ersten Weltkrieg.

Asmara: Stadt in Eritrea, die von den Italienern 1889 eingenommen wurde und bis 1941 Hauptstadt der Kolonie Eritrea war.

83 Pecos Bill: Cowboyfigur aus der Zeitschrift »Corrierino dei Piccoli«.

85 Enrico Malatesta (1853–1932): Italienischer Anarchist.

In Grosseto fanden bedeutende Arbeiterkämpfe statt, vor allem während der »roten Woche« im Juni 1914.

102 *Cabiria:* sehr erfolgreicher Film von Giuseppe Pastrone aus dem Jahr 1914. Er spielt während des zweiten Punischen Kriegs und feiert die Triumphe Italiens in den Kolonien.

Il Paese dei campanelli: Operette von Virgilio Ranzato (1883–1937), die in den zwanziger Jahren großen Erfolg hatte.

105 *Addio Lugano bella:* Lied der internationalen Anarchisten, die nach Lugano in die Schweiz geflüchtet waren.

107 *Giovinezza:* Das Lied, das bereits zur Zeit des österreichisch-italienischen Kriegs populär war, wurde zur offiziellen Hymne der faschistischen Partei.

108 Macallé: Ort in Äthiopien, wo die Italiener im italienisch-äthiopischen Krieg eine Niederlage erlitten.

Col moschetto e col pugnale andrò in Africa orientale: Mit der Muskete und dem Dolch zieh' ich nach Ostafrika.

110 *Nibbio delle Baleari:* Berühmter italienischer Pilot, der in Spanien auf der Seite Francos kämpfte.

Montero Primero quebró su filo. No pasarán. Montero Segundo: Der Faden Montero Primeros ist gerissen. Sie werden nicht durchkommen. Montero Segundo.

142 *Bella tu sei qual sole* (Du bist so schön wie die Sonne) ist ein Marienlied.

148 L'Unità: Die offizielle Wochenzeitung der Kommunistischen Partei Italiens.
Todt: Anspielung auf eine Organisation der Nazis, die zwischen 1943 und 45 auch in Italien Zwangsarbeiter rekrutiert hatte.
150 Alcide de Gasperi (1881–1954): Mitbegründer der *Democrazia Cristiana*, 1945–53 Ministerpräsident, prägte entscheidend das Bild der italienischen Nachkriegspolitik.
168 *Ciccì, bebè, vè, vè, vè:* Refrain eines bekannten Schlagers aus den dreißiger Jahren, der sich bis in die fünfziger Jahre großer Beliebtheit erfreute.

Carlo Lucarelli

Freie Hand für De Luca

Kriminalroman. Aus dem Italienischen von Susanne Bergius. Mit einem Nachwort von Katrin Schaffner. 116 Seiten. SP 5693

Eine norditalienische Stadt im April 1945, kurz vor dem Einmarsch der Alliierten. Wenige Stunden vor dem endgültigen Zusammenbruch wird Kommissar De Luca mit der Lösung eines Mordfalls beauftragt. Doch irgend etwas an der Sache ist faul, denn die faschistischen Machthaber lassen ihm bei der Ermittlung erstaunlicherweise freie Hand. Der Ermordete Vittorio Rehinard war ein Lebemann und Frauenheld – und so sind auch alle Verdächtigen weiblich: die drogenabhängige Sonia, die rothaarige Hellseherin Valeria sowie Silvia Alfieri, die Mutter eines hohen italienischen SS-Offiziers und Ehefrau des Mannes, der der erklärte Gegenspieler von Sonias Vater ist. Vor dem historischen Hintergrund des letzten Aufbäumens des italienischen Faschismus in der Republik von Salò entfaltet Carlo Lucarelli das Szenario eines raffiniert abgestimmten kriminalistischen Ränkespiels: »Die Geschichte ist mit Tempo und spannungsvoll erzählt, die fiebrige Atmosphäre beim Zusammenbruch des faschistischen Italien wird auf suggestive Weise deutlich.«

Kölner Stadt-Anzeiger

Der trübe Sommer

Ein Fall für Commissario De Luca. Aus dem Italienischen von Barbara Krohn. 247 Seiten. SP 3490

Es ist der Sommer des Jahres 1945, und Commissario De Luca ist inkognito unterwegs nach Rom. In einem kleinen Dorf in der Emilia Romagna macht er eine schauerliche Entdeckung – sämtliche Mitglieder der Familie Guerras liegen erschlagen auf ihrem Grundstück. Weshalb mußten sie sterben? War es politischer Mord? Die Lösung des Falles wird für De Luca zu einer gefährlichen Gratwanderung, denn auch er hat ein dunkles Geheimnis.

Giuseppe Tomasi di Lampedusa

SERIE PIPER

Der Leopard

Roman. Aus dem Italienischen von Charlotte Birnbaum. 198 Seiten. SP 320

»Der Leopard«, der vielen Kritikern als das bedeutendste epische Werk der italienischen Literatur seit Alessandro Manzonis »Verlobten« gilt, schildert den Niedergang eines sizilianischen Adelsgeschlechts zur Zeit Garibaldis. Held und Fixstern des Buches ist Don Fabrizio, Fürst Salina, dessen Dynastie den Leoparden im Wappen führt, ein Olympier von Statur und Geist, leidenschaftlich und von wissender Melancholie überschattet, skeptisch und zuversichtlich zugleich.

Mit der Landung Garibaldis und seiner Rothemden in Marsala bricht selbst für Sizilien, Land archaischer Mythen, ein neues Zeitalter an. Kräfte und Ideen aus dem Norden bringen das uralte Feudalsystem ins Wanken und bereiten die Einigung Italiens vor. Don Fabrizios Neffe, der junge Feuerkopf Tancredi, vom Fürsten geliebt wie sein eigener Sohn, heiratet die schöne Tochter eines skrupellosen Emporkömmlings, der infolge der politischen Umwälzungen zum Millionär, schließlich zum Senator avanciert. Die Leoparden und Löwen sind zum Untergang verurteilt, ihren »Platz werden die kleinen Schakale einnehmen, die Hyänen«. Der Tod Don Fabrizios steht stellvertretend für den Tod einer ganzen Welt, in der das alte Europa noch ein letztes Mal aufglänzt.

»Die Qualität dieses Buches ist so bedeutend, daß es auf keine zeitliche Bedingung angewiesen ist, um auf uns zu wirken. Freilich, die eigentliche Quelle des Entzückens, mit der es uns erfüllt, ist die unbegrenzte Freiheit und Anmut, mit der alles, jeder Gedanke und jede Stimmung, seinen sprachlichen Ausdruck findet.«

Friedrich Sieburg

Die Sirene

Erzählungen. Aus dem Italienischen von Charlotte Birnbaum. Mit einem Nachwort von Giorgio Bassani. 190 Seiten. SP 422

»Tomasi di Lampedusas zwischen bitterster Ironie und einem voll entfalteten Sprachklang spielende Prosa ist wohl nie so schön, reich, bestrickend gewesen wie in der ›Sirene‹.«

Giorgio Bassani